白き双《ふた》つ魔の愛執

藍生有

花丸文庫BLACK

白き双《ふた》つ魔の愛執　もくじ

イラスト／鵺《ぬえ》

今日も手ごたえがなかった。

人気《ひとけ》のない廊下《ろうか》の壁にもたれ、飛田彬《とびたあきら》は小さなため息をついた。肩が落ちてしまうのは、初めて仕事に行き詰まりを感じているせいだ。

医薬品業界大手のハクトウ製薬に入社し、ＭＲと呼ばれる医薬情報担当者になって六年目。自社製品を処方《しょほう》してもらうため担当地区の病院を訪問する毎日は、これまで順調だった。

営業成績は良く、上司の信頼も厚い。だからこそ二ヶ月前に、支店内の激戦地区を任された。期待に応えようと、転勤した前任者から引き継いだ情報を手に駆け回った。おかげで、少しずつではあるが確実に結果を出せている。

だがどうしても、うまくいかない病院があった。それが今、彬が訪問している副島《そえじま》総合病院だ。担当地区最大の病院で、がん治療で全国的に名が知られている。地域医療の中心的な役割を担《にな》っており、周辺の医院や診療所への影響も大きい。

営業的に重要な拠点にも拘《かか》わらず、ハクトウ製薬のシェアは低かった。特に外科での実績は低く、代表的な薬剤のひとつである抗がん剤も殆《ほとん》ど処方されていない。

前任者がなかなか食い込めなかったのも分かる。他社の古参《こさん》ＭＲたちが各医師と密接な関係にあり、面談の時間すらろくにとることができないのだ。病院内のイベント行事もすべて他社に仕切られていて、入り込む隙《すき》がなかった。

今日も朝と昼に医師たちが詰めている医局へ行ったが、数人の医師に話をさせてもらうのがやっとだった。

医師に話しかけるタイミングをうかがう、その他大勢の中から抜け出せない。他社が医師とコミュニケーションをとる姿を、黙って見ているだけの壁のシミ状態は屈辱《くつじょく》だった。

これからどう営業していくべきだろう。考えながら、医局の廊下奥にあるエレベーターに向かう。小さなエレベーターは職員や関係者用で、院内薬局への近道だ。

副島総合病院は、外来診療棟と病棟の二つに分かれている。医局と院内薬局は共に病棟にあった。

医師が駄目《だめ》なら、薬剤師や看護師といった周辺から攻略するしかない。この病院は医師の力が強いようだが、それでも人間関係はないよりましだ。

医局があるのは三階で、院内薬局は五階にある。行き先のボタンを押した。

ドアがゆっくりと閉まり、息を吐いた。エレベーターはあんまり得意じゃない。どうにも息が詰まる気がする。

ボタン類の脇にある鏡に、途方《とほう》に暮れた顔をした自分が映っていた。ネクタイが歪《ゆが》んでいる。直そうと手にしていた鞄《かばん》を床に置いた時、スーツの上着からペンが落ちてしまった。まったくついてない。屈《かが》みこんでペンを拾《ひろ》おうとしたその瞬間、エレベーターがわずかに揺《ゆ》れた。五階に着いたようだ。

静かにドアが開き、こつ、と靴音が響《ひび》いた。よく磨かれた靴が、鼻先にある。弾《はじ》かれたように顔を上げた先に、白衣の男性が二人、立っていた。

「……何をしている」

ケーシー型の上下にロングコート型と、白衣を重ね着している男性が艶《つや》のある低めの声で言った。銀縁の眼鏡をかけている彼は、外科医の副島秀輝《ひでき》だ。

眉《まゆ》を寄せて見下ろす、鋭い視線の威力《いりょく》は絶大だった。このままひれ伏していようかとさえ思うほどの強さに、背筋が震《ふる》えた。

「失礼しました。ペンを落としてしまいまして」

「大丈夫？」

ネクタイ姿にロングコート型白衣を羽織《はお》っている男性が、ペンを拾った。彼は内科医の副島和輝《かずき》だ。柔《やわ》らかな笑顔を浮かべた彼はペンを差し出してくれた。

「ありがとうございます」

立ち上がってペンを受け取り、二人の顔を見比べる。眼鏡と髪型の違いはあるが、二人はよく似ていた。

彼らは院長の双子の息子だ。それぞれ若先生と呼ばれている二人を、揃《そろ》ってみるのは初めてだった。どちらもシャープな輪郭《りんかく》に切れ長の瞳《ひとみ》という整った顔立ちで、背が高く美丈夫という言葉がふさわしい。

ほぼ同じ顔の二人だが、受ける印象はまったく違った。

秀輝は超然《ちょうぜん》とした雰囲気《ふんいき》で、人を寄せつけないオーラを放っている。世間話はおろか、面会にすら応じてくれず、攻略が難しい医師とMRの間で評判だった。

一方、和輝はいつも笑顔で、とても気さくだ。彬も彼には何度か面会に応じてもらっていた。前任者の時から薬剤の処方に積極的で、渡した資料も読み込んでくれるし、使用レポートも書いてくれる。この病院内で彬が唯一話しやすいと思っている医師だった。

「何階でしょうか」

操作盤のボタンに手をかけた。降りる階に着いたけれど、二人と話せるならこのまま戻ってしまおう。

「三階だ。……どこかで見たことがあるな。どこの会社だ」

白衣のポケットに両手を入れた秀輝は、彬を上から下まで見た。値踏みされているのを感じ、背筋を伸ばす。

「ご挨拶《あいさつ》が遅くなりました。ハクトウ製薬の飛田と申します」

名刺を秀輝に差し出した。受け取った彼は、軽く首を傾《かし》げた。

「少し前からうちの担当になったんだよ」

横から名刺を覗《のぞ》き込んだ和輝が、こちらに微笑《ほほえ》みかけてくれた。

「一度会ったな」

抑揚《よくよう》のない声で秀輝は言った。

「前任からの引継ぎ時に、ご挨拶させていただきました」

「ハクトウ製薬か。……なるほど」

秀輝は白衣のポケットに名刺をしまった。

顔は認識してもらえていた。これはチャンスだ。秀輝に顔と名前をはっきり覚えてもらえれば、今後の活動に希望がもてる。

エレベーターが三階に着く。医局に向かって歩き出した二人を追いかけた。

「先生、ぜひ弊社《へいしゃ》の製品のお話をさせてください。いつ頃ならお時間をいただけますか」

二人は同時に足を止めて振り返った。

「俺が先でいいか」

秀輝はちらりと視線を横に立つ和輝に向ける。

「もちろん。……僕は賛成だよ」

和輝はその場の空気が柔らかくなるような微笑《びしょう》を浮かべた。

「じゃあ試してみよう」

なんの話か分からないが、二人が自分を見ているので、曖昧《あいまい》に笑っておく。

「じゃあ、失礼」

和輝は医局へと歩いていった。頭を下げて見送ってから、秀輝と向き合う。

彼はじっと彬を見ていた。眼鏡の奥の瞳は鋭すぎて、心の弱い部分まで見透《みす》かされそうだ。怯《おび》えにも似た気持ちを抱きながら、アポイントメントをとりつけようと口を開いた。

「それでは、いつ頃が……」

よろしいですか、と続ける前に、秀輝が言った。

「金曜の午前中なら時間がとれる。直接、俺の部屋に来い」

「はい、ありがとうございます」

これはチャンスだ。やっと摑《つか》んだ手ごたえに、彬は力強く答えた。


ＭＲの仕事は、外回りの時間が圧倒的に長い。朝から病院や卸《おろし》会社を訪問し、遅い昼食をとってから出社する日も珍《めずら》しくなかった。

午後二時過ぎ、彬は支店の隅《すみ》にある自席についた。早速、今日の午前中までの営業記録をまとめる。

副島総合病院の項目で手を止めた。秀輝とうまく話ができるようになりたい。そのためにはまず彼を知ることだ。業界ルールであるプロモーションコードに抵触《ていしょく》しない程度の接《せっ》待《たい》の場を設けよう。

喫煙所から戻ってきた課長の席へと向かう。接待には許可が必要なので、簡単に今日の状況を報告した。

「副島先生のアポがとれたのか」

課長が身を乗り出した。そんなに大きな声で言わなくてもいいのに。ここにいるみんなに聞こえるのが気になって、視線が泳いでしまった。

「まだお話させていただくだけです。今後を考えると一度、お食事の席を設けられないかと考えております」

「もちろん、好きにやれ。あそこに食い込めると大きいぞ。この辺りでは最も影響力があるからな」

課長は机に手をつき、うんうんと頷《うなず》いた。

「いやー、飛田に任せてよかった。外科の副島先生といえば、会長の孫で院長の息子だ。将来の院長候補《こうほ》じゃないか。顔をつないでおいて損《そん》はない。いいか、この機会をものにしろよ」

課長の声がまた大きくなった。その場にいる課の全員の視線を背中に感じる。まだ結果を出していないのに、人前で褒《ほ》められても困ってしまう。

「はい、頑張《がんば》ります」

頭を下げてから、自席に戻った。接待の許可を取るだけなのに、時間がかかってしまった。

「すげぇな、あの先生のアポとるなんて。一体どんな技を使ったんだよ」

隣の席に座る同僚《どうりょう》のMR、林崎《はやしざき》が声をかけてくる。彼は彬の前任者が副島総合病院に苦労しているのを、よく聞かされていた。

「エレベーターで、偶然会ったんだ。そこで話を聞いてくれた」

「そういうところも逃がさない、ってわけ？　さすがぁ」

林崎にからかわれるが、別に、と受け流す。

「たまたま通りかかっただけだよ。それに、これからが勝負だから」

まだスタート地点にも立っていない。結果を出すまで、油断は禁物だ。焦らず確実に足場を固めて、薬剤の処方を増やしてもらおう。

「飛田は真面目だねぇ。……な、それで副島先生ってどんな感じ？」

「迫力がすごかったよ」

エレベーターで見下ろされた時を思い出し、指先が震えた。あの眼差しの威力は凄《すさ》まじかった。

「もしあっち方面が好きそうだったら言ってくれよ」

林崎は女性の多い飲食店に顔がきく。そちら方面の接待が有効な医師の場合は、彼の協力が不可欠だった。

「その場合は頼む。でもまだ全然、そこまで話を聞けてないんだ」

それに、秀輝はなんとなくそういった接待を好まないような気がする。彼からは自分にも他人にも厳しそうなストイックさを感じた。

だが先入観は禁物だ。彼の好みを周囲に探っておこう。

「ところで話は変わるけど、今度また合コン頼まれてくれない？」

林崎が距離を縮めてきた。

「また？　今度はどこと？」

彼はよく合コンの話を持ってくる。先月も付き合ったばかりだ。

「産婦人科の先生に頼まれたんだよ。頼むって」

医療現場は出会いが少ないようで、医師経由でそういった場をお願いされることもある。相手は看護師が多く、それがきっかけで結婚したMRも少なくない。

「頼むよ。うち今、独身が少ないからさ。お前が来てくれると向こうも喜ぶ。格好《かっこう》良いの揃えろって言われてるからさ」

「それで僕が行ったら、相手ががっかりするよ」

男らしさから程遠い自分が、さほど目立つ容姿《ようし》ではないのは分かっている。面長《おもなが》で線の細い顔立ちは華《はな》やかさに欠けており、同世代の女性受けがよくない。すっきりした顔立ちだと褒めてくれるのは、自分より年上の人ばかりだ。

「いやいや、お前みたいな見た目がよくてお持ち帰りしない安全牌《あんぜんぱい》が一番必要なんだって。

本気ならともかく、遊びで女の子に手を出して泥沼《どろぬま》になったらこっちが困る」

どうやら前にそういったことがあったらしく、林崎は渋《しぶ》い顔をした。

「とにかく、ちょうど彼女いないんだし、頼まれてくれよ」

両手で拝《おが》まれてしまった。林崎には資料作成や接待の情報などで世話になっている。断るのも申し訳ない。

「分かったよ。日時が決まったら教えて」

「もちろん。これで一人確保、と」

喜ぶ林崎を横目に、ノートパソコンに向き直った。

これも仕事だと割り切ろう。そう自分に言い聞かせないと、正直いってやってられない。

女性は苦手ではないが、特に興味もなかった。その事実を彬は隠している。

これまで何度か女性からの告白をきっかけに付き合い始めたが、いずれも長続きしなかった。必ず最後は、私を好きじゃないくせにと責められて終わってしまう。彬なりに好意は持っていたし、忙しい中では精一杯の対応をしていたつもりだが、彼女たちは不服に感じていたようだ。

その原因は、漠然《ばくぜん》とだが分かっていた。

彬が初めて好きになった相手は、中学校時代の担任教師だった。若くて情熱に溢《あふ》れた数学教師で、彼のおかげで数学が得意になった。それからも、高校時代の塾教師や大学の講師や教授といった、年上の男性を好きになった。

彼らに好かれたくて努力した気持ちは、憧《あこが》れの範囲をはっきりと超えていた。たとえ彼女ができても、彼らへの想いは揺るがなかった。それが彼女たちを去らせた原因のようだ。

もしかすると、自分は同性が好きな種類の人間なのかもしれない。そう考えたこともあるが、結論を出す勇気はなかった。同性に誘われた経験もあるものの、踏み込めずに終わっている。

たぶん自分は、誰かを好きになるということがよく分からないが故《ゆえ》に、恋愛に臆病《おくびょう》なのだ。それを自己分析できていても、仕事のように具体的にどう打開していけばいいのかはさっぱり分からなかった。


金曜日に彬が副島総合病院へ行くと、秀輝は医局脇の会議室を用意して待っていてくれた。

緊張しつつ、取り扱っている薬剤の説明を終える。秀輝は何点か質問をし、検討《けんとう》するからと資料を受け取った。

「もしよろしければ、今度ゆっくりお食事でもしながらお話をさせていただけませんか」

当初の予定通り、食事に誘う。机に肘《ひじ》をついた秀輝は、軽く目を閉じた。

医師には接待を嫌う人もいるので、嫌がるようならまた違うアプローチが必要だ。返事を待っていると、彼が瞼《まぶた》を上げた。

「来週の金曜日しか時間はないが、それでもいいか」

「もちろんです。何時ごろがよろしいですか」

あっさりと承諾《しょうだく》されて、拍子抜けしそうになる。前任者や他社のMRから攻略が難しい医師と聞いていたが、それは誤《あやま》りだったようだ。

「ここを七時半に出ると考えておいてくれ」

「かしこまりました」

秀輝は腕時計を見た。

「今日はこれで失礼する」

「はい、お時間いただきありがとうございました。来週金曜日の件は、また改めてご連絡させていただきます」

資料を手に立ち上がった秀輝にドアを開ける。彼の後ろ姿を見送ってから、資料を鞄に詰めた。

廊下に出ると、他社の古参MRと目が合う。彼は露骨《ろこつ》にこちらを見ていた。睨《にら》まれているみたいで怖いので、さりげなくやり過ごして医局の中を見回した。

ちょうど昼過ぎ、医師たちの休憩時間だ。世間話に興じるには出遅れすぎた。今日はここを諦《あきら》めて、秀輝について情報収集をしよう。

鞄を手に向かった先は、五階の院内薬局だ。座っていた主任薬剤師に声をかける。

「いつもお世話になっております、ハクトウ製薬の飛田です」

持ち歩いている自社グッズのクリアファイルを取り出し、どうぞと渡す。受け取ってくれた彬の母親より年上の主任へ、ここぞとばかりに話しかけた。

「実はひとつ、お聞きしたいことがあるんですが」

「あら、何かしら」

そこでストレートに、秀輝の好みを知っているか聞いてみる。大ベテランの彼女は、気に入った相手には各医師たちの情報を教えてくれる貴重な存在だと前任者から聞いていた。ご機嫌伺《きげんうかが》いは欠かせない相手だ。

「秀輝くん……じゃなくて、外科の副島先生は、確か中華が好きよ。前に忘年会だかで話した時、そんなことを言ってた気がする」

「そうですか。ありがとうございます、参考になります」

頭を下げる。主任は苦笑しつつ口を開いた。

「食事の接待？　付き合いの悪い先生だから難しいでしょう」

同情するように言われて、いいえ、と首を横に振った。本心だったが、彼女はまたまた、と笑った。

「医師としては優秀なのよ。でもとにかくむっつりしてるから、話しかけにくいわよね。……その代わりね、あれ」

彼女の視線を追って、廊下の向こうにある部屋を見る。そこには子供三人の前に屈みこむ、白衣の男性の姿があった。

「内科の副島先生よ。時間があると、キッズルームで子供たちの遊び相手になっているの」

その声が聞こえたかのように、白衣の彼が振り返る。和輝だった。目が合ったので軽く頭を下げると、彼は右手を上げてひらひらと振ってくれた。

「いつも笑ってて、みんなに優しいわ。だけどちょっと患者さんに甘いところがあって」

立ち上がった和輝はこちらにやって来ようとして、子供たちに阻《はば》まれた。眉を下げた彼が、再び子供たちに目線を合わせて何か言っている。

「双子だけど性格は正反対。足して二で割るとちょうどいいって、子供の頃から言ってるわ」

「子供の頃からお二人をご存知なんですか？」

「生まれた時から知ってるわよ。あの二人はこの病院で生まれたんだから」

彼女は小さく笑った。

「ちっちゃい頃はお揃いの服を着て、それはもうかわいらしかったわ」

「なんの話ですか？」

和輝がすぐそばまでやってきていた。お世話になっております、と頭を下げる。

「こんにちは」

爽《さわ》やかな笑顔を真っ直ぐに向けられる。屈託《くったく》のないその表情は優しく自然で、その場を明るいものに変えた。

「和輝くんたちの子供の頃の話をしてたのよ」

「え、僕たちの？　恥ずかしいからやめてくださいよ」

子供の頃から二人を知るだけに、主任の口調は親しげだった。

和輝は目じりを下げて口元を緩《ゆる》めた。

「いいじゃないの。そうだ、ちょうどよかったわ。今話してたんだけど、秀輝くんの食べ物の好み、教えてくれる？」

「あ、それは……」

主任の言い方だと、彬が聞いたのだと察しがついてしまう。

処方の実績がある和輝ではなく、秀輝に接待の場を設けようとしているのを、悪く思われたくなかった。フォローの言葉を探しつつ、和輝を見やる。彼は特に気にした様子もなく、うーん、と腕組みをした。

「秀輝の好みかぁ。……なんだろう」

考え込んだ和輝に、主任が眉を寄せた。

「知らないの？　まったく、兄弟なんだから、もう少し仲良くしてなさいよ」

主任にそう言われ、和輝は困ったように表情を崩した。

「うまくやってますから、ご心配なく。……と、そろそろ時間なんで、行かなくちゃ」

「またお伺いしますので、よろしくお願いします」

「いつでもどうぞ。じゃあ」

失礼します、と和輝は軽く頭を下げて歩き去っていった。その背が角を曲がるのを見送ってから、主任が口を開く。

「ああは言ってるけど、あの兄弟、今ではろくに喋《しゃべ》らないのよ。子供の頃はいつもべったり一緒《いっしょ》にいたのにねぇ」

エレベーターで二人と鉢合《はちあ》わせた時は、ごく普通に会話をしていた。あれは珍しい光景だったようだ。

「昔は二人で病院内を探検して歩いてたわ。その頃、病院はまだ古い建物で……」

主任の話は長くなる気配がした。こういった話を遮《さえぎ》るのは得策ではない。とことん話を聞くつもりで、彬は主任に相槌《あいづち》を打った。

翌週の金曜日、彬は高級ホテルのチャイニーズレストランを予約していた。

約束の時間二十分前から、待ち合わせ場所であるホテルのロビーで秀輝を待つ。もしかすると遅れる連絡が入るかもと、携帯は片手に持ったままだ。

時間ぴったりに、彼はやってきた。

「待たせたかな」

グレーのスーツ姿の彼は、白衣の時とは違い、エリートビジネスマンといった雰囲気をまとっていた。眼鏡も凝《こ》ったデザインのフレームに変わっている。

「私も今来たところです。お忙しい中、お時間を割いていただきありがとうございます」

「堅苦しい挨拶は抜きにしよう。で、どこへ行くんだ？」

適度なざわめきのあるロビーでも、秀輝の声ははっきりと聞こえた。艶のある美声はよく通る。

「この上です。エレベーターで参りましょう」

秀輝と共に、ホテルの上層階にあるレストランへ向かう。

エレベーターに乗り込む。すぐ横に立った秀輝から、ほんのりと柑橘系《かんきつけい》の香《かお》りがした。

レントランの入口で予約の旨《むね》を伝えると、個室へと案内された。

個室はさほど広くはないが、淡いピンク色と金色を組み合わせた豪華《ごうか》な空間だった。窓からは夜景が見下ろせて、雰囲気がとても良い。週末にこの個室を押さえられたのは、同僚の林崎が予約してくれたおかげだ。

椅子にゆったりと座った秀輝は、ウェイターに渡されたメニューを広げる。

「何がいいかな」

「お好きなものをどうぞ」

「じゃあまずは、お勧《すす》めを聞こうか」

秀輝はウェイターに質問をしながら、オーダーを素早く決めてくれた。

この一週間でできる限りの情報収集をしてきたが、まだ副島秀輝という医師がどんな人物なのかはよく分かっていなかった。

三十一歳、独身。病院から徒歩圏内《とほけんない》のマンションに一人で暮らしているらしい。自分の話をあまりしないため、趣味は誰も知らないようだった。

外科医として彼の評価は高く、秀輝の診療を受けるために地方から通う患者も多い。病院スタッフは彼が次の外科部長だろうと口を揃えている。

一方、それとなく話を聞いた他社のMRたちは、接待を断られてばかりだとぼやいていた。薬剤の話は必ず聞いてくれるが、それ以外の話題はシャットアウトされるらしい。

その彼が、自分との食事は快諾《かいだく》してくれた。これが今後への、いいきっかけになるといいのだが。

失敗は許《ゆる》されない。まずは今夜、彼にできるだけ心を開いてもらおう。頼れるMRだと思われることが第一歩だ。人間関係を作ってから、自社の薬剤を勧めて処方してもらえる流れにもっていきたい。

「飛田さんはこの店によく来るのか」

ウェイターが出て行く。秀輝が視線をこちらに向けて言った。

「いえ、一人ではあまり」

正直に答える。嘘《うそ》をついてその場をごまかすのは、長期的に見て賢明《けんめい》じゃない。

「ここは一人で来る店じゃないだろう。恋人とは来ないのか、という質問だ」

テーブルに右手を置いた秀輝が苦笑いした。

「残念ながら、そういったご縁もないんです」

困った顔をして首を振る。いきなりこういった会話から入るのは予想外だった。

「意外だな。君、とても女性に人気がありそうなのに。外来の看護師長は飛田さんが来ると喜んでる。気に入られているじゃないか」

「それは光栄です。また今度、お邪魔《じゃま》させていただきます」

外科外来の看護師長には、何度も挨拶して顔と名前を覚えてもらった。そうやって、医局以外にも積極的に足を運んでいたのが功を奏《そう》しているようだ。

「副島先生こそ、女性が放っておかないんじゃないんですか」

病院長の息子で、優秀な外科医。くわえてこの外見とあれば、もてないはずがなかった。

「その呼び方はやめてくれ」

秀輝は椅子の背に深く背を預け、わずかに表情を緩めた。

「うちの病院に、副島先生が何人いると思ってるんだ？」

言われてみればその通りだ。秀輝と和輝の兄弟にその父親、叔父《おじ》もいる。

「では、なんとお呼びすれば……？」

「秀輝でいい。院内ではそう呼ばれている」

「秀輝先生……で、よろしいですか」

その呼び方には、奇妙《きみょう》なくすぐったさが含まれていた。口にしただけで、心音がうるさくなってしまう。

「まあその辺にしておくか」

仕方がないといった様子で手を打った秀輝は、ずれてもいない眼鏡の位置を中指で直した。

「よかったら、君もこれを飲まないか」

彼は胸ポケットから、ピルケースを取り出した。

「なんでしょうか？」

小さな白いタブレットを渡された。じろじろと見るのは失礼な気がして、視線を秀輝に向ける。

「飲食の前に飲むことにしている、サプリメントだ。明日に響かなくていい」

秀輝はそう言って、タブレットを口に運んだ。水の入ったグラスに口をつけ、一気に飲み込んでいる。

よく分からないサプリメントを飲んでいいのか迷った。だが目の前で秀輝が飲んだ以上、口にすべきだろう。

タブレットを舌《した》に載《の》せ、水で流し込んだ。秀輝はハンカチで口元を拭《ぬぐ》い、眼鏡の奥の瞳を細めてわずかに口角を引き上げた。

男の色気を滲《にじ》ませたその表情は、彬から落ち着きを奪った。視線を外し、椅子に座り直す。ただ見つめられただけで、どうしてこんな風になってしまうのか。自分の反応が読めなかった。

グラスに入ったビールと前菜が運ばれてくる。簡単な乾杯《かんぱい》の後、箸《はし》を手に取った。

「秀輝先生は、お休みの日は何をされているんですか」

こういった場では、こちらから仕事の話を切り出さないのが礼儀だ。とりあえず話題は無難な趣味の辺りからすべきだろう。

「家で寝てるか、論文を読んでいる。仕事が趣味なんだ」

秀輝はあっさりと言い切った。続く会話の取っ掛かりを見つけられずにいると、彼から話しかけてくれた。

「飛田さんは、学生時代にテニスをやっていたそうだね」

「……はい」

返事が遅れたのは、そんな話を秀輝にした記憶がないからだ。一体どこから、その話を聞いたのだろう。

「この間、大会で大活躍《だいかつやく》だったと聞いたよ」

テニス好きな院長がいる病院で、年に数度ある行事に参加した。三ヶ月ほど前のことだ。

「たまたまその日は調子がよかっただけです。今はすっかり体も鈍《にぶ》ってしまって」

彬がそう答えた時、料理が運ばれてきた。誰から聞いたのか、確認するタイミングを失ってしまった。

蟹肉《かににく》入りのフカヒレスープが目の前に置かれる。具がたっぷりと入っていて、レンゲですくうと重みを感じた。

「これはうまい」

秀輝は満足そうに口へと運ぶ。どうやら料理は気に入っていただけたようで、ほっと胸を撫《な》で下ろした。

魚と肉料理が運ばれてきた。量は多めだったが、秀輝は綺麗《きれい》に食べきってくれた。

飲み物はビールから、紹興酒《しょうこうしゅ》に変わった。くせがなくて飲みやすく、料理にもよく合う。

「飛田さんはMRになって何年目だ？」

「六年になります」

会話は秀輝のペースで進んだ。彼は彬のことを聞きたがった。これではどっちが接待しているのか分からない状況だ。

彬が会話の糸口を見つけるより先に、秀輝から話を広げてくれる。彼がこんなに話し好きだとは思わなかった。気難しそうな外見と病院内での態度から、大変な接待になるかと予想していたのだが、杞憂《きゆう》に終わりそうだ。

「お下げします」

「ああ。こっちも頼む」

秀輝が彬の空いた皿を示した。

「かしこまりました」

秀輝はウェイターに対して、横柄でも卑屈《ひくつ》でもなく、堂々と振舞《ふるま》っている。その姿はとても魅力的だった。

自信に満ちた男性にはどうも弱い。視線をそっと彼から外し、紹興酒を口に含む。やたらと喉《のど》が渇《かわ》いていた。

「いい店に連れてきてもらったよ。ここの味付けは好みだ」

「そう言っていただけてなによりです」

この店を紹介してくれた林崎には感謝しておこう。そう決めて、あんかけチャーハンを口にする。たっぷりと具が入ったあんは、舌の上にとろりとした食感を残す。絶妙な塩加減が素材の味を引き出していた。

「おいしそうに食べているな」

「……すみません」

接待だというのに、本気で食事をしていた。秀輝の視線に慌《あわ》ててレンゲを置いた。

「謝る必要はない。こういった席では、うまそうに食べてくれないと困る」

秀輝は唇《くちびる》に薄く笑みを乗せた。

「その味が気に入ったのか？」

「はい。僕はこの、ご飯にあんかけやソース類がかかっているものが昔から好きで」

「うちの弟と一緒だな」

秀輝がさらりと言った。和輝は秀輝の好みを知らないようだった。だが、秀輝は和輝の好みを知っているらしい。

「確かにうまい」

再びレンゲを口にしてから、秀輝は一人で納得したように頷いた。

「やはり中華は外で食べるに限る。家庭用とは火力が違うし、家で一人や二人分を作っても楽しくないからな」

「秀輝先生はお料理をされるんですか」

口調から判断してそう尋《たず》ねる。秀輝はああ、と頷いた。キッチンに立つ彼の姿を想像しようとするが、うまく頭が回らない。

「家にいる時は作る。外食ばかりだとバランスが狂いやすい。食べ物に気をつけるのも仕事の内だ」

秀輝の声が、急に遠く感じた。

水の入ったグラスに口をつける。一気に飲み干しても、のどの渇きがおさまらない。

グラスをテーブルに置いた瞬間、あれ、と思った。いつの間にか、体の外側に薄い膜がかかっている。こめかみがずきずきと脈打った。

「この仕事は体力勝負だからな」

相槌を打ちたいのに、言葉がまったく出てこなかった。体が熱い。指先も汗ばんできた。

秀輝は医師の健康管理について話している。

聞かなきゃと思うのに、彼の声がいっそう遠くなってしまう。駄目だ、目を閉じるな。そう叱咤《しった》しても、瞼が重くて耐えられない。

「……飛田くん？」

呼ばれてる。返事をしようと試みるが、濁《にご》っていく意識が声と思考を奪った。

「っ……」

やっとの思いで口を少し開いたところで、視界が暗転した。

瞼の向こうが明るい。眩《まぶ》しさに誘われて、ゆっくりと瞼を上げた。

焦点《しょうてん》が徐々に合っていく。どこかで眠ってしまったのだろうか。見覚えのない室内に戸惑い、体を起こそうとして、異変に気づいた。

「……え？」

腕が動かない。手首に何かが食い込んでいた。縛《しば》られて頭上に固定されているみたいだ。慌てて体を起こそうとして、自分が一糸まとわぬ全裸だと認識した。途端にざっと鳥肌が立つ。寒くはないが心もとなくて、両足をすり寄せた。

何故《なぜ》こんな格好で、ベッドに横たわっているのだろう。状況を把握《はあく》できずに室内を見回す。

窓際のソファに、秀輝が座っていた。彼はスーツの上着を脱いだ状態で、ゆったりとグラスを傾けている。

「目を覚《さ》ましたか」

「これは一体……？」

ここはどこで、何故自分は裸《はだか》なのか。頭上に視線を向けると、手首は自分のネクタイでひとくくりにされ、ベッドヘッドの飾りに繋がれていた。

途切れた記憶を辿《たど》るが、秀輝と食事をした場面から先、頭が急に回らなくなったところでブラックアウトしていた。

「なんだと思う？」

立ち上がった秀輝が、ベッドへと近づいてくる。

酔《よ》っ払《ぱら》って、介抱《かいほう》してもらった。そう解釈したいけれど、この状況では無理がある。では何故……？

秀輝はベッドに腰掛け、彬を見下ろした。病院や食事時とはまた違った迫力を目の当たりにし、息を飲む。

彼の瞳には、まるで獲物《えもの》を追いつめる肉食獣のような獰猛《どうもう》さが宿っていた。——これは、もしかして。でもまさか、そんなことあるはずがない。浮かんだ想像を打ち消そうと頭を振る。

秀輝がこの体を抱こうとしているなんて、ありえない。だが別の理由も考えつかなかった。

「お前が想像した通りだ。ああ、薬は軽い睡眠導入剤《すいみんどうにゅうざい》だから安心しろ」

秀輝は口元を緩め、胸元に手を滑《すべ》らせてきた。

「いい体をしているな」

「う、嘘……」

肌の感触を確かめるようにまさぐった指が、胸の突起の周辺で止まった。

「嘘じゃない」

「ひっ」

無造作に、乳首を指で摘《つ》まれた。そこから肌がざっと粟立《あわだ》っていく。

「な、なんでこんな……」

秀輝が自分の体に触れているのが、信じられなかった。なぜという疑問が頭に渦巻《うずま》き、呆然《ぼうぜん》と近づいてくる彼の顔を見つめた。

「お前が誘ったんだ」

秀輝は耳に唇を押し当てて囁《ささや》いた。その艶やかな声が、体の芯にある官能《かんのう》を揺さぶろうとする。それを弾き返すために、声を大きくした。

「僕はそんなことしてません」

秀輝を誘ってなんかいない。身に覚えがない理由でこんな辱《はずかし》めを受けるのはごめんだった。

「エレベーターで会った時、お前の目が訴《うった》えていた。俺に苛《いじ》めて欲しいとな」

「勝手なことを言わないでください！」

エレベーターで彼と会った時を、今でも鮮明《せんめい》に覚えてる。見下ろされて胸がざわついたが、それだけだった。彼とこんな関係になるのを望んだつもりもないし、こうして縛られているのは屈辱だ。

「嘘をつくな。……お前はこんな風に、嬲《なぶ》られたかったんだろう？」

秀輝は彬の左胸に手を置き、親指で乳首を引っかくようにした。

「あっ……嘘……」

目を見開く。皮膚の内側を直に触られたみたいにぞくぞくした。じっとしていられず、体が小刻みに揺れる。

小さな突起が、そんなに感じる場所だとは知らなかった。触れられるだけで息は乱れ、視界が潤《うる》みだす。

「いやだ、こんなの……」

体を捻《ひね》り、秀輝の手から逃げようとした。だが腕の動きを封じられていてはうまくいかず、追いかけてくる秀輝の指につかまった。

「うっ……」

こんなことで声を上げたくない。唇を噛みしめ、秀輝から顔を背けた。

これまで意識したこともなかった突起が、硬く芯を持つのが分かる。敏感《びんかん》になったそこを二本の指でねじられて、息が止まった。

一気に体が熱くなる。背中に汗が滲み、シーツを濡《ぬ》らした。

「くぅっ……」

乳首に軽く爪を立てられ、鈍痛に眉を寄せる。反射的に体が丸まり、戒《いまし》められた手首にネクタイが食い込む。

「感じてきたじゃないか」

秀輝の視線の先は、彬の下肢《かし》だった。そこはいつの間にか、すっかり昂《たか》ぶって存在を主張していた。

「違う、これは……！」

なんでそんな変化をしているのかと、自分の下肢を睨みつける。秀輝の視線を受けて、それは恥ずかしそうに震えていた。

「何が違うんだ。こんなに濡らしておいて、感じてないと言うつもりか」

秀輝に鼻で笑われた。彼は彬の左足を摑み、足を開かせようとする。

「やめてください！」

足をばたつかせて抗《あらが》っても、押さえ込まれてしまう。秀輝が力を入れている様子はないのに、身動きが取れなかった。

左腿《ひだりもも》をシーツに押しつけられ、震える欲望を指で弾かれた。

「ひっ」

腰が引ける。先端から蜜《みつ》が零《こぼ》れて幹《みき》を伝った。それを秀輝に見られるという辱めに、涙が滲む。こんな恥ずかしい思いをした経験はなかった。どうして、と再び湧《わ》き起こってきた疑問で頭がいっぱいになる。

「痛いのも好きそうだな」

表情を観察するように顔を近づけてきた秀輝を、精一杯睨みつけた。だが彼の視線の鋭さに負けて、唇を噛む。本能的な恐怖が彬の体を竦《すく》ませていた。

「その目だ。男を欲しがる目じゃないか」

ネクタイのノットを緩めた彼は、口角を引き上げて酷薄《こくはく》な笑みを浮かべた。

「震えてる。怖いか」

「……」

答えずに顔を逸《そ》らした。認めるのは悔《くや》しいけれど、恐怖に震えが止まらない。逃げられない状況に追いつめられて、これからどんな目にあうのかと想像するだけで泣きたくなる。

「こんなこと、……やめてください」

声がみっともないほど震える。歯の根が合わず、かたかたと知らない音を立てた。

「安心しろ、傷つけはしない。ただここが空になるまでかわいがってやるだけだ」

秀輝は手のひらで陰嚢《いんのう》を包んだ。軽く揉《も》まれて、そのむずがゆさに体が揺れる。

「いやだ、離して……！」

ずり上がり、なんとか逃げようと試みる。秀輝が手に力を込めた。

「うぐっ」

潰《つぶ》される。痛みに息が止まり、体がその場で跳《は》ねた。目も口も開いたまま頭を打ち振り、やめてくれと訴える。

「お前がおとなしくしていれば、痛い目にはあわせない。分かったか？」

急所を押さえつけられての問いかけに、頷くことしかできなかった。

秀輝の手が離れた瞬間、全身から力が抜ける。

ネクタイをゆっくりと解いた秀輝が、覆《おお》いかぶさってきた。二人分の体重を受けて、ベッドが沈《しず》む。

「あまり使ってない色だな」

秀輝は無造作に、彬の性器を手にした。先端の窪《くぼ》みを親指で押されて、鈍い疼《うず》きが体を襲《おそ》った。

「くっ……」

自分でもそんなに強く触った経験はなかった。痛みと痺《しび》れが混ざり合った感覚に眉を寄せる。秀輝の指先は、形を確認するように根元まで撫でた後、下生えに絡《から》んだ。

「長さも太さも申し分ないのに、勿体《もったい》ない。それとも、こっちが好みか」

「あうっ」

袋の縫い目を辿った指が、後孔に触れた。

「どうなんだ？」

質問の意図が分からずに黙っていると、窄《すぼ》まりの表面を撫でられる。排泄器官を他人に触れられる異様さに、産毛《うぶげ》が逆立った。

「……そんなところ、触らないでください……！」

「なんだ、後ろも手付かずか。……確かに、ここは慣れてないな」

秀輝がそこに軽く指を埋《う》め、すぐに引き抜いた。痛みを感じる間もなかった。

「や、やめて……離して……！」

せめて手を自由にしようともがいたが、身動くほど戒めているネクタイが食い込んでしまって、どうにもならなかった。

「見かけより遊んでないのか。うぶな反応だ」

「っ……」

性的な体験は多くない。淡白といわれればそうかもしれないが、揶揄《やゆ》されると悔しかった。だが言い返す言葉も見つからず、黙り込む。

このまま犯《おか》されてしまうのか。恐怖に歯ががちがちと鳴る。体を見られるのが恥ずかしくて、なんとか隠そうとするが無駄《むだ》な努力だった。

「足を開け」

秀輝の声が変わった。傲慢《ごうまん》な響きには、従わなければならないと思わせる力がある。それを跳ね返そうと、必死で体を揺らした。

「無理、です……」

許してください、と小さな声で続けて頰《ほお》をシーツに預ける。だが顎《あご》を摑まれ、強引に秀輝と目が合うようにされた。

「早く足を開くんだ」

唇が触れる距離で命じられる。すぐそばにある秀輝の目には、明らかに欲望の炎があった。

彼は自分に欲情《よくじょう》している。それを知った途端、体の奥底がざわめいた。他人に性的な欲望を向けられる恐ろしさは初めて知るものだ。

「自分の立場を忘れるなよ。お前が足を開けば、悪いようにはしない。だが逆らえばどうなるか、ハクトウ製薬のＭＲなら分かるだろう？」

「そんな……」

わざわざ名前ではなく会社名を出し、医師とＭＲというお互いの立場を強調する。卑怯《ひきょう》な脅《おど》しだ。こんな卑劣《ひれつ》なやり方をするなんて、秀輝を見損《みそこ》なった。そんな人だとは思わなかった。

「要求には必ず答えるのがお前たちの仕事じゃないのか？」

からかうような言い方に、目の奥が不意に熱くなった。

真面目に仕事をしてきた自負《じふ》はある。こんな辱めを言われる筋合いはないし、体を使った取引なんてごめんだ。

噛みしめすぎて、唇が切れてしまった。血の味がする。

小さく舌打ちした秀輝が、唇にそっと触れてきた。そんな優しく撫でられたって、彼の要求には答えられない。いやだと首を横に振る。

秀輝はシーツに手をついて体を起こした。左膝《ひざ》を摑まれ、強引に高く持ち上げられる。足の付け根を晒《さら》す格好に、顔から火が出た。

「やめてください、僕には無理です」

「無理かどうか、体に聞いてみよう。お前の体は素直だからな」

秀輝の視線が下肢へと向かう。こんな状況なのに、彬の欲望はまだ昂ぶったままだった。

「なん、で……」

萎《な》えないそれに目を疑う。呆然と固まっていると、秀輝がサイドテーブルに手を伸ばした。

「目一杯解してやる。初めてのようだからな」

秀輝の手にはチューブがあった。指先に絞《しぼ》りだす動きに身構える。一体彼が何をするつもりなのか分からなかった。

「安心しろ、ただのゼリーだ。これでお前の孔《あな》を、女みたいに濡らしてやる」

濡れた指が、表面を撫でてから後孔へ入ってきた。

「えっ……」

女みたいに、濡らす。その言葉でやっと、彼が自分に何をしようとしているのかが分かった。彼は女性のように、自分を抱こうとしているのだ。今彼が弄《いじ》っている、その場所を使って。

「いやだっ……」

全身で抗う。ばたつかせた足が秀輝の腕に当たった。

「暴れるとここに傷がつくぞ」

ぐっと指が入ってくる。指の感触を知らない粘膜《ねんまく》を擦《こす》られる違和感はすさまじく、全身から血の気が引いた。

「やめてください……お願い、です……」

懇願《こんがん》しても聞いてくれず、秀輝は窄まりを濡らし、指を埋めてくる。そんなところを触られても、気持ち悪いだけだ。

「ここを使い物にならないようにされたくなければ、おとなしく力を抜け」

ぐるりと中で指が回される。くちゅっと濡れた音が聞こえ、体が強張《こわば》った。傷つけられることへの怯えは抵抗する気力を奪ってしまう。

「うっ……」

中に入ってきた指が、粘膜を撫でた。

医者の指だ、と思った。触診するような動きは性的な行為とは程遠い。これならなんとか、耐えられそうだ。

ほんのわずかだけ、気が緩んだ。詰めていた息を吐き、目を閉じる。

どれだけ傷つけられるだろう。痛みは苦手なだけに、これからの漠然とした不安に体が冷える。

「くっ……」

ゼリーをまとった指は、容赦《ようしゃ》なく体内を突き進む。痛みはないが、異物感に顔をしかめた。

そんなに奥まで、触らないで。声にならない叫びが届いたのか、秀輝の指が引き出された。ほっとしたのも束の間、再び内側へと進んでくる。

何かを探すように動いた指先は、やがて性器の裏側辺りでとまった。そこでぐっと力が入った瞬間、体にびりっと痺れが走った。

「ひっ……！」

何かのスイッチが入ったかのように、一気に下半身へ熱が集まる。

強烈な刺激は、快楽なのかどうかも判断できない。神経を鷲《わし》づかみにされたような衝撃に身を震わせた。

「ここか、お前の前立腺は」

秀輝はそこを指先でくすぐった。

「あひっ」

声が裏返る。じっとしていられずに体をくねらせ、ただ喘《あえ》ぐしかない。

「ここを擦られると、たまらないだろ？」

「あっ……ああ、だ、だめっ……！」

指の動きに合わせて、みっともなく腰を振った。それでも熱は逃げてくれない。

「お前の知らない快楽を教えてやる」

秀輝に見下ろされる。顔を何も隠せなかった。感じている姿を、余すことなく観察される。欲望は下腹部につきそうなほど反り返っていた。

全身から汗が噴《ふ》き出《だ》し、頭がくらくらと揺れる。酸欠になったみたいだ。

体内に埋められた指一本が、彬の全神経を支配していた。よく分からない感覚に振り回されて、呼吸もうまくできない。

秀輝の指が二本に増え、入口を開く。伸《の》し掛《か》かるようだった空気が動いて薄目を開けると、秀輝は彬の最奥を覗き込んでいた。

「綺麗な色だな」

「や、そんなとこ、見ないで……いやだっ……」

視線を感じて、そこが震えた。体内を覗かれるという異常な状況に、心が悲鳴を上げる。

「入口はきついが、中に入れると吸いついてくる。楽しませてくれそうだ」

そんな場所で喋られると、粘膜に吐息がかかってしまう。刺激に慣れていない内襞《うちひだ》が無意識にひくついた。

指とは違う、何か硬いものが押し当てられる。そしてぐにゅっと濡れた物が入ってきた。

「っ……や、気持ち……わる、い……」

ぬるぬるとしたゼリー状のものを塗りこめられる。彼がさっき手にしていたものだろうか。秀輝はそれをゆっくりと粘膜に馴染《なじ》ませた。

うわごとのように何度もいやだと訴えた。だけど秀輝は指を止めず、後孔を強制的に潤わせていく。

「ふっくらと充血してきたな。色も少し濃くなってきた」

指が引き抜かれる。それを追いかけるように、そこが窄まった。

「そんなに指をしゃぶりたいのか」

くぐもった笑い声にからかわれ、体が発火したように熱くなる。

「もっ……やめ……離して……」

自分の体がどんな風に変化していくのか説明される。言葉での辱めに耐え切れず、涙が零れた。

「あんまり暴れると、ここを弛緩《しかん》させて、腕を突っ込むぞ」

彼の指が後孔を左右に押し拡げた。

「ひっ」

そんなところに腕なんて無理だ。だけど彼ならやりかねない。想像しただけで恐ろしくて、体がぶるぶると震える。

「尻に腕をくわえたところを、記念撮影でもするか？　会社や家に届けてやれば、みんなが見てくれるぞ」

耳元に囁かれて、必死で首を横に振った。そんなことをされたら、何もかも終わりだ。そんなの嫌だ。

「力を抜けるな？」

そっと頭を撫でられる。思わぬ優しい手つきに、少しだけ鼓動《こどう》が落ち着いた。

必死で深く息を吐いてみるが、強張りはそう簡単には解けない。

「そんなに泣くな」

秀輝は彬の目元に唇を押し当てた。いつの間にか零れていた涙を、優しく吸い取られる。

「お前は俺の命令通りに振舞えばいい。分かったか？」

頭を抱きしめられながら、ゆっくりと、噛んで含むような言い方をされる。それを繰り返される内に、自分が何を望み、拒《こば》んでいるのかが曖昧になってきた。

「返事は口に出せ。ほら」

頬を両手で包まれる。強い眼差《まなざ》しに射すくめられると、もはや彼に逆らうことなど思い浮かばなかった。

「……はい」

返事を口にすると、甘い痺れと疼きが全身を襲ってくる。

ベッドに膝をついた秀輝が、彬の頭を起こした。目の前で、彼は下着から昂ぶりを取り出す。思わず息を飲んだ。

「舐《な》めろ」

口元に突きつけられた秀輝の欲望は、彬のそれよりも明らかに太く、大きかった。

他人の興奮した性器を初めて目の当たりにして、喉がからからに干上がる。視線を外すことも、瞬《まばた》きも忘れた。

先端の窪みが卑猥《ひわい》に濡れている。唇に押しつけられ、反射的に顔を背けようとした。けれどがっちりと頭を摑まれて、逃げられなくなってしまう。

唇を割るようにして、昂ぶりが入ってくる。舌を先端が擦った。同じ粘膜とは思えないほど硬いそれは、恐ろしい質量を誇《ほこ》っていた。

「うぐっ」

喉の奥を突かれ、その辛さに呻いた。それでも秀輝は構わず、腰を入れてきた。

「今はこの程度が限界か」

膝立ちになった秀輝に見下ろされる。彼は下肢を寛《くつろ》げただけで、汗ひとつかいていなかった。

「そのまま俺を見ていろ」

視線を合わせた状態で、ゆっくりと抜き差しされた。何度も繰り返される内に、気持ちいいことをしているような、おかしな気分になってくる。

秀輝の手が後頭部に置かれる。上あごを張り出した部分で擦られて、鼻から息が零れた。

「うっ……ん、んんっ……」

「そうだ、うまいぞ。……上下の口で俺を喜ばせるように、仕込んでやるからな」

昼がめくれる勢いで出し入れされる内に、頭の芯が溶けていく。恐ろしいことを言われているると頭の片隅では理解しているけれど、秀輝の眼差しに逆らえない。

「いやらしい顔だ」

そっと前髪をかきあげられた。壊れ物を扱うような手つきと口調は、褒められたみたいで嬉しくなる。

「……もういい」

口から抜け出た欲望は、彬の唾液に濡れ光っていた。なんとなく名残惜《なごりお》しいとさえ思えてしまう。

「入れてやるから、尻を向けろ」

秀輝に言われて、力の入らない体を起こした。何も考えず、言われた通りの姿勢になる。

あんな大きなものが、自分の体に入るとは思えない。無理だと分かると、秀輝は諦めてくれるだろうか。それともそこが裂けても、貫《つらぬ》かれてしまうのか。

秀輝が腰骨を摑み、軽く持ち上げる。その状態で、後孔に何かが押し当てられた。

「あ、……入って、くる……」

大きくて硬いものが、体内に侵入してくる。無理だと思ったのに、それはずるりと一息で収まってしまった。

痛みはないが、圧迫感が凄まじい。内臓を押し上げられそうで、シーツに顔を埋めて堪えた。

無意識に逃げようとずり上がる体を押さえつけられる。

「っ……うう……」

前立腺を硬くしなるそれで擦られた瞬間、体の中に火花が散った。

「あ、だめぇぇ……っ……！」

腰だけを突き上げながら、熱を放った。

急激な絶頂に混乱した体が暴走し、腰を振りたくってしまう。放った熱は彬の体だけでなく、シーツやピローにまで飛び散った。

「入れただけでいくのか。この淫乱め」

秀輝の苦笑が背中に落ちる。

「う、うそ……」

あっけなく放っただけでも信じがたいのに、まだ熱は引かなかった。最奥は秀輝の屹立《きつりつ》に貪欲《どんよく》に吸いついている。自分の体だというのに、反応が淫らすぎて恐ろしい。

「お前がここまでいやらしいとは思っていかなかったよ。スーツの下にこんな敏感な体を隠して、よく誰にも犯されなかったな」

背骨を確かめるように撫でながら、秀輝が笑った。

「や、ちが、う……」

こんなの自分じゃない。愛情のないセックスで感じてしまう、ふしだらな人間なんかじゃない。そう言い聞かせないと、おかしくなりそうだ。

「違わない。お前はこうやって、誰かに嬲られて感じるんだ。認めろ、楽になれるぞ」

腰を高く掲げられ、いっそう深い場所まで貫かれる。奥をぐりぐりと擦られ、たまらず身をくねらせた。

「尻に肉がないから、奥まで入れられるな。いいぞ、気に入った」

「ひぃっ」

張り出した部分まで抜き出した欲望を、再び埋められる。

肌がぶつかる音が響き、そこに濡れた喘ぎ声が混じった。それを自分が放っていると気づいた時にはもう、彬の体は快楽の虜《とりこ》になっていた。

体の内側の粘膜を激しく擦られると、どうしてこんなに気持ちいいんだろう。初めて知った喜悦《きえつ》に、全身が悦《よろこ》んでいた。

「ほら、しっかり腰を振れ。お前の孔で俺を喜ばせろ」

「あ、うっ……！」

言われるまま、腰を揺らした。秀輝のそれが抜け落ちそうなほど激しく抜き差ししても、まだ足りないと秀輝は笑う。

「もっとだ」

ぱん、と音がした。尻がじんじんと痛んでやっと、そこがぶたれたのだと分かった。快楽はすぐに感じとれるのに、それ以外の感覚が鈍くなっている。

「あっ……乳首、だめっ……」

乳首を指で押しつぶすようにされ、背をしならせた。ほんの数時間前まで存在を意識してこなかった小さな突起が、今やすっかり性感帯に成り果てていた。

「も、……いくっ……」

またいってしまう。がくがくと腰を揺らしながら極めようとしたが、鈍い痛みに阻まれた。

「ううっ」

性器の根元を強く握られている。あともう少しだったのに、吐き出し損ねた熱が体を駆け回った。

「勝手にいくな」

ぐっと指に力を込められて、眉を寄せた。暴れる熱を強引に押さえこまれて、そこがじんじんと痺れる。

「やっ、いた、いっ……離し、て……」

「出したいか」

体に埋められた彼の欲望はあんなに熱くなっているのに、彼の声は平坦《へいたん》で、まったく乱れていなかった。

「も、出したい、です……」

「じゃあどこが気持ちいいのか、ちゃんと言葉にして教えろ」

秀輝が腰を回した。擦られた内襞が悦びに震える。

「お尻が、……気持ちいい……！」

恥も外聞もなく口走る。だが秀輝は許してくれない。

「そんな上品な言い方じゃ駄目だ」

ぱし、っと尻を打たれた。鈍い痛みが肌を粟立たせる。

「メス孔に精子をください、だ。言ってみろ」

「うっ……」

そんな卑猥な言葉は口にできない。なけなしのプライドに阻まれ、頭を左右に振った。

秀輝が動きを止めた。彬がねだるまで、何もしてくれないつもりだろう。あと少しで達せると思っていた欲望は、早くと先端から蜜を零して訴える。

「ねだれないなら、このまま根元を縛って朝まで放っておくぞ」

それが脅しではないと伝えるように、根元を輪にした指で締めつけられる。

「っ……や、だっ……」

こんな状態で放っておかれるのは、考えただけで辛かった。

縛られて後ろから犯されている自分に今できるのは、秀輝の命令に従うことだけだ。分かっていても、あんな言葉を口にしたくなかった。

秀輝の欲望が脈打つ。その些細《ささい》な刺激にすら腰を震わせていると、彼はわずかに腰を引いた。じっくりと弱みを擦られて、のけぞって喘ぐ。

「ほら、かわいくねだってみろ」

左手で尻を割り開かれ、奥まで貫かれる。弱みを抉《えぐ》られて、その場に突っ伏した。秀輝の欲望が我が物顔で出入りするせいで、熱が冷めてくれない。

絶頂目前で放り出された欲望が、早く達したいと急かしてくる。

「お願い、です……」

もう我慢できなかった。屈辱に頭を染めながら、唇を開く。

「……メス孔に、精子……ください」

無意識に腰を揺らしながらねだる。こんなはしたない台詞《せりふ》を口にするまで、堕《お》ちてしまった。その背徳感《はいとくかん》さえ、今は快楽へと変わってしまう。

「よく言えたな。ご褒美《ほうび》に、お前のここを俺で一杯にしてやる」

秀輝はそう言って、欲望の根元を握っていた指を外した。

「あ、ああっ……また、いくっ……！」

熱い体液が、大量に奥まで注ぎこまれる。中に射精されていた。それに押し出されたかのように、彬もシーツに夥《おびただ》しい量の熱を放った。

「はぁ……ぁ……」

シーツに上半身を突っ伏す。汗と体液でどろどろになった体は、どこにも力が入らない。短く浅い呼吸を繰り返していると、秀輝に腰を抱え直された。

「も、やめっ……おかしく、なるっ……」

かすれた声で訴える。叫びすぎて喉が痛い。

「なればいいだろ」

双丘の左右を交互に揉みながら、秀輝は再び突き上げてきた。射精直後だというのに、彼の欲望は力強く脈打っている。

「おかしくなっても、ちゃんと家で飼《か》ってやる。安心しろ」

「やっ……だ……」
飼うってなんだろう。言葉の意味もよく分からないのに、本能でいやだと首を振ってい
た。
「あ、なにっ……？」
つながったまま、体を仰向《あおむ》けに返された。ねじれた粘膜が戻ろうと横によじれ、秀輝の
欲望を絞ってしまった。
「おい、少し緩めろ」
「ひっ」
足首を持たれて、両足を大きく広げられた。肩で体を支えるほど腰が浮き、先までとは
違う角度で内襞を擦られる。
不安定な姿勢で、体重をかけて貫かれた。体がシーツの上を滑る。
「……っ、な、に……？」
秀輝の右指が、乳首を摘まんだ。小さなそれに爪を立てられた途端、これまでとは違う、
すさまじい快感が体の奥から溢れてきた。
「うわぁぁ」
何度も射精したのに、体のどこにこんな快感が隠れていたのか。圧倒的な喜悦に押し流
されて、頭を打ち振る。

「だ、だめぇ……」

舌がもつれた。耐え切れずに、熱を放つ——はずだった。

だけど熱が出てこない。びくびくと体が跳ねる。絶頂に達したけれど、性器は萎えたまま で、透明な体液を零している。

「なに、これ……いや、だ…ぁぁ…」

細胞のひとつひとつが悦んで、全身を小刻みに震えさせた。

「ひっ……も、……やぁ……」

痙攣《けいれん》する体を容赦なく突き上げられる。零れた体液がへその窪みに流れ落ちた。

射精してないのに、極めたような感覚が続く。心臓が破裂しそうな勢いに、目も唇もだらしなく開いた。気持ちよすぎて怖い。このままだと死んでしまう。

「なんだ、ドライでいったのか」

秀輝が楽しそうに顔を覗きこんできた。

「メスになったな」

だらだらと体液を零す欲望を揶揄され、乳首を押しつぶされた。ねじ切るように強く捻られても、痛みなんて感じない。

「やっ……終わら、ないっ……」

持続する絶頂に飲み込まれ、彬の意識はそこで途切れた。

沈んでいた意識が温かなものに包まれて、ゆっくりと覚醒《かくせい》していく。彬は重たい瞼を上げた。

タイルが目に入る。肩からはお湯がかけられている。バスルームにいるようだ。

「目が覚めたか」

声に顔を上げる。シャワーを手にした秀輝がすぐ横に立っていた。眼鏡のない彼の顔は厳しさが少しだけ和らいでいる。こうしてみると、和輝と同じ顔立ちだ。

彬はバスタブにもたれかかるように座らされていた。指先までが重たくて、動くのが面倒だった。

秀輝は丁寧《ていねい》にボディソープを泡立て、彬の体を洗ってくれた。

静かだった。わずかな水音だけがバスルームに響いている。何か言いたくて、でも何を言うべきか分からなくて、黙りこんだ。

ぼんやりと湯気を見つめていると、秀輝の鍛えられた肉体に目がいった。白衣姿からは想像もできないほど、がっしりと完成した男の体だった。

――この体に抱きしめられた。体の奥深くまで犯され、何度も貫かれ、熱を放ち、最後には知らない絶頂に達した。

生々しい記憶が蘇《よみがえ》ってくる。手首には縛られた痕《あと》が残っていた。

「なんで、こんな……」

呟《つぶや》きはシャワーにかき消された。

ぬるめのお湯で泡を流される。体を清められても無気力なままでいると、秀輝が何かを手に正面に腰を下ろした。

「俺はこれが嫌いなんだ」

彼の指が、彬の下生えを摘まんだ。

「お前にも必要がないだろ」

体毛の必要性を考えたことがなくて、返事が遅れた。その隙に、秀輝はボディソープを軽く泡立て、彬の下肢を覆うように塗りつけてくる。

「や、やめてください……」

弱々しく抵抗する。だがあっさりと両手を捕らえられ、強引に足を広げさせられた。

「それ、は……?」

手についた泡を落とした秀輝は、アメニティの剃刀《かみそり》を軽く持ち上げた。

「今日は特別に、俺が剃《そ》ってやる。今度からちゃんと手入れしろ」

「そんな……無理です」

剃るという言葉に怯え、逃げようと後ずさりする。

「無理じゃない」

剃刀が下腹部に押し当てられた。ひんやりとした感触に怯え、皮膚の表面に震えが走った。

「手入れができないなら、これごと切り落としてしまうのもいいな。その場合は、どこから切ってやろうか」

剃刀が性器の根元に当てられた。ゆっくりと肌の表面を刃が滑る。外科医らしい慣れた手つきに目を見張った。

彼なら躊躇《ちゅうちょ》なくそこに刃を向けそうだ。大事な生殖器官を切り落とされるなんて、身の毛がよだつほど恐ろしい。

「……」

勝ち目なんて、最初から彬にはなかったのだ。脅しに屈《くっ》する惨《みじ》めさに目をつぶり、約束を口にする。

「これからは、ちゃんと手入れします……」

「そうだ、素直にそう言え」

秀輝が濡れた前髪をかきあげてくれた。ほんの少しだけ和らいだ眼差しに、何故か泣きたくなった。こんな目にあわせているのは他でもなく彼だ。だけど、反発する気力はもうかけらもなかった。

「足を閉じるなよ」

ボディソープの泡まみれにされた局部に、秀輝が顔を近づけた。

「うっ……」

急所近くに刃物の鋭さを感じ、体が小刻みに震える。

もし彼の手が滑ったら。考えただけで鳥肌が立ち、小刻みに震えてしまう。

「動くと危ないぞ。明日も手術があるんだ。俺が怪我をしたらどうしてくれる」

秀輝は楽しそうに言いのけてから、左手で彬の肌を押さえ、剃刀を滑らせた。

手際よく、体毛が剃り落とされていく。その光景を直視できずに、目を閉じて唇を噛んだ。

皮膚に刃物が当たる感覚は、背骨にぞくぞくとした痺れを呼ぶ。闇雲《やみくも》に叫びだしたくなるような衝動を堪えて、唇が切れそうなほど噛んだ。

「……これでいいな」

秀輝が手を止めた。シャワーで下肢を流される。ぬるいシャワーが心地よかった。

「どうしてここが大きくなっているんだ」

「あうっ」

性器を指で弾かれ、目を開ける。子供のように無防備になった下半身が目に入った。

「な、なんで……」

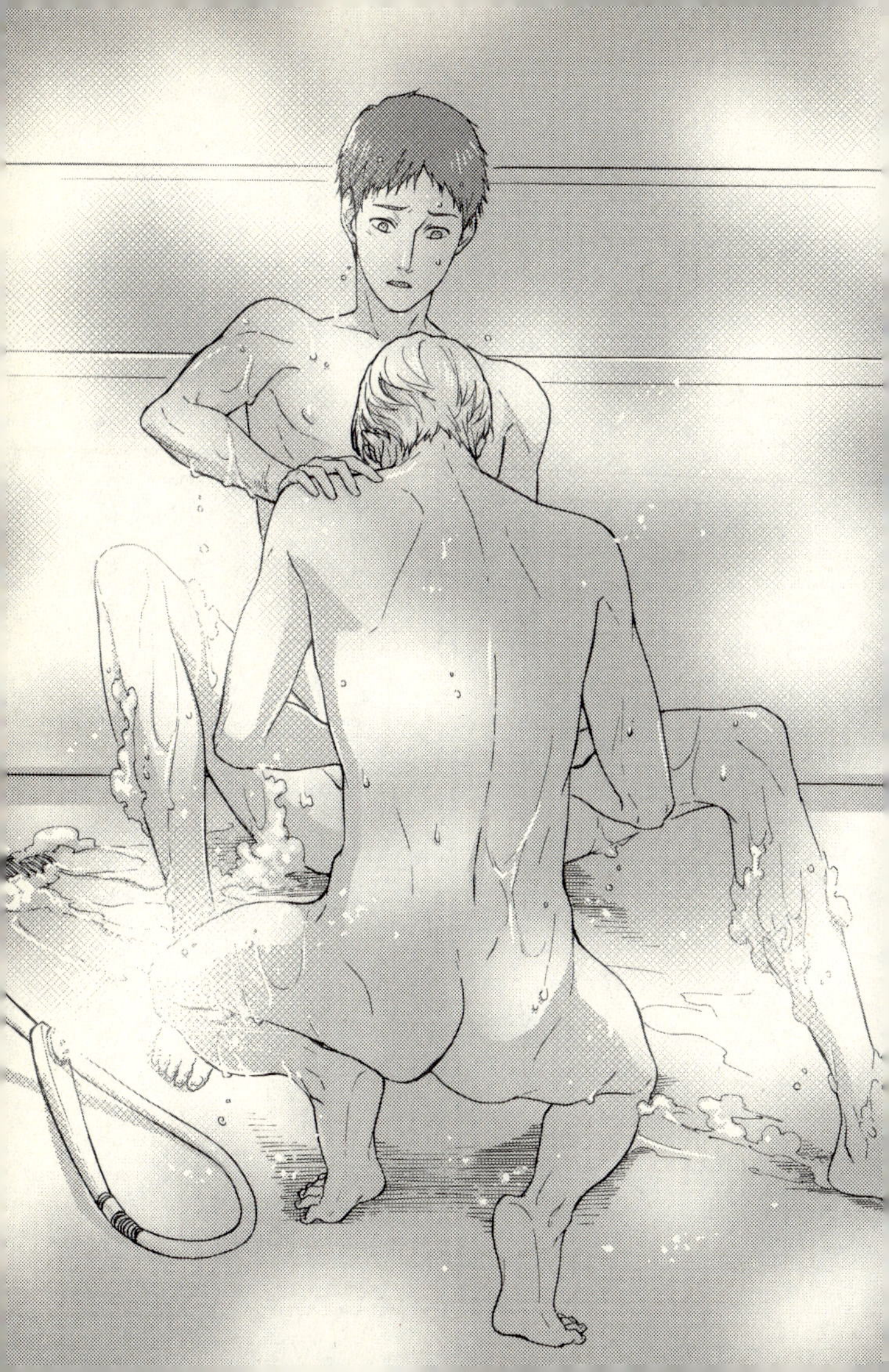

欲望はほんのりと熱を帯びて形を変えていた。しかもそれは、秀輝の視線を受けてどんどん膨らんでいく。

「毛を剃られて勃起するのか。変態め」

侮辱《ぶじょく》されても、事実だから反論のしようがなかった。

「っ……」

惨めさに目の奥が熱くなる。神経回路がどこかおかしくなったに違いない。そうじゃなきゃ、こんな仕打ちに興奮するなんておかしすぎた。

「後ろはどうだ？」

秀輝の指が後孔に伸びた。陵辱《りょうじょく》を受けたそこは、まだ完全に閉じきっていなかった。

「……くっ……やっ……もう、無理……」

指が滑り込んでくる。侵入した異物に驚いたそこが、拒むように収縮した。

「見せてみろ」

くるりとその場で体を返され、タイルに突っ伏すような形にされた。

「やだ、……見ないで……」

身をよじって逃げるが、すぐに腰をとらえられてしまった。

窄まりの縁を二本の指が拡げる。秀輝の吐息がかかり、膝が崩れた。

「少し腫《は》れているが、傷ついてはいない。俺が出したものが襞に絡みついて、いやらしく熟《う》れてる。……平気そうだな」

「えっ……」

指で拡げられた後孔に、硬いものが押し当てられた。わずかな抵抗をこじ開けて、秀輝の欲望が入ってくる。

「もう、むり……」

散々《さんざん》擦られて酷使《こくし》された粘膜が悲鳴を上げる。潤いを与えられてもいないのに貫かれ、そこがひきつれた。

「嘘をつくな」

秀輝は笑いながら、尻を叩《たた》いた。

「こんなに嬉しそうにくわえこんでるくせに、何が無理だ」

「あ、あっ……！」

我が物顔で最奥におさまった熱い昂ぶりが、体内に残っていた彼の体液をかき回した。

「お前の中は具合がいいな」

秀輝の囁《ささや》きが背中に落ちた。

腰を摑まれ、膝が滑る勢いで抽挿《ちゅうそう》される。全身を使って、秀輝の屹立を扱いてるみたいだ。

「な、なに……も、いやだっ……」

内襞を擦られる度《たび》に、快楽の曲線が上がる。どうしてこんなに感じてしまうのだろう。

「このまま、ここを弄らずにいかせてやろうか」

秀輝の動きに合わせて揺れる性器を、軽く持ち上げられた。

「やだ、……あれ、怖い……」

あれは快楽という名の拷問《ごうもん》だった。強烈すぎて、本当に死ぬかと思った。

「ドライはいやか。仕方がないな」

秀輝の指が性器をつつく。緩く扱かれただけで、そこはすぐに先端から蜜を溢れさせた。

「……っ、出る……」

あっさりと熱を放つ。何度も放っているせいか、ほんのわずかな体液がこぼれただけだった。

タイルの上に散ったそれを見ていられず、瞼を下ろす。力の抜けた体を秀輝は揺さぶり、彬がひどく感じたあの場所を、執拗《しつよう》に穿《うが》った。

「ううっ……あ、あっ……」

より深いところを抉られ、気持ちいいのか悪いのかも判断できない、不思議な感覚に包まれた。

「やっ……なんか、出るぅ……」

射精とは違う感覚がこみ上げてきた。何かが体から溢れ出そうで、膝ががくがくと震える。

堪えようと体に力を入れる。すると秀輝は、へその辺りを優しく撫で回し始めた。

「出してみろ」

軽くそこを押され、甲高い悲鳴を上げた。そこでやっと、自分の体の状態に気づく。

「だめ、……もれるっ……」

このままだと漏《も》らしてしまいそうで、必死で秀輝から逃げようとした。だがつながったままの体は思うように動かせない。そればかりか、動いたことで抉られる角度が変わり、いっそう感じてしまった。

「我慢しなくていいぞ。出してみろ」

前立腺を集中的につつかれる。体の奥底で何かが爆発し、目を見開いた。

「ああっ！」

左の乳首を強く引っ張られ、頭が真っ白に染まる。

「あ、ひっ……」

さっきとはまた違う、経験したことのない種類の快楽だった。細胞が沸騰するような強烈さに飲み込まれた次の瞬間、熱いものが一気に体外へあふれ出す。

「……やっ、見ないでっ……」

一度出てしまうと、もう止められない。タイルの上に、おびただしい量の液体が撒《ま》き散《ち》らされた。それが尿だと気づいても、もうどうしようもなかった。

水とは色の違うそれが排水溝に吸い込まれていくのを見ていられず、目を閉じる。あまりに鮮烈な感覚に、体から力が抜けた。ずるずるとその場に崩れ落ちると、秀輝の昂ぶりも体から抜け落ちた。

感じすぎて失禁《しっきん》するなんて、自分はもうおかしくなってしまったのだろうか。朦朧《もうろう》としたままバスタブに体を預ける。

「彬」

名前を呼ばれて、顔を上げた。そこで目にしたのは、隆々と反り返る、秀輝の欲望だった。

顎を持たれ、それを直視するように固定される。彼は右手で屹立を根元から扱いた。ぬちゅ、と卑猥な音がする。

目が離せず、呼吸の乱れも収まらない。視線を逸らせばいいと分かっているのに、それもできなかった。

張り出した先端の裏側に走る筋が膨《ふく》れるのを目の当たりにする。彬の視線さえ扱くようにして、秀輝は熱を育てた。

「出すぞ」

先端の窪みが開き、白濁が飛び出してきた。

「うっ……」

口元を中心に、熱がかけられる。汚されているのに、何故か胸がざわめいた。

「いい顔だ」

秀輝は満足そうな笑みを浮かべ、彬の頬を包んだ。

「かわいいペットになれよ」

その囁きはひどく魅力的に聞こえ、彬は思わず頷きそうになるのを必死で堪えた。


秀輝から解放されたのは、土曜日の夕方だった。

朝から何度も挑《いど》まれ、抵抗する気力もなく揺さぶられていた彬の耳に、携帯電話の音が聞こえてきた。秀輝は体を離して電話をとった。病院からの呼び出しだった。

「次は火曜日の昼に来い」

手早く支度《したく》を済ませた秀輝はそれだけを言い残し、部屋から出て行った。取り残された彬は、シャワーを浴びて身を清めてから、ホテルを後にした。

股関節《こかんせつ》ががくがくして、歩くのが辛い。数歩進んでは休むの繰り返しに疲れ、自宅までタクシーで帰った。車の震動も、今の彬には辛い刺激だった。

十五分ほどで、住んでいるマンションについた。２ＬＤＫの部屋は、一人暮らしには贅《ぜい》沢《たく》なほど広い。

靴を脱ぎ、足を引きずるようにしてリビングに向かう。やっとの思いで辿りつくと、ソファに倒れこんだ。

「うっ……」

体の節々が悲鳴を上げている。

両手で顔を覆う。体中に秀輝の感触が残っていた。ホテルで何度も体を洗ったのに、どうして消えてくれないのだろう。

しかもこれで、終わりではないのだ。火曜日、彼に会いに行かなくてはならない。そこでまた、同じようなことをされるのか……？

全身に震えが走る。寒くもないのに、自分の体を抱きしめずにいられなかった。これまでごく当たり前に生活してきた部屋が、急に寒々しく感じる。

電気も点《つ》けていない静かな室内に、時計の規則的な音だけが響いていた。

「くそっ」

意味もなくソファを叩いた。普段あまり怒ることがないから、体にたまった感情をどう吐き出していいのかが分からなかった。

目を閉じる。あまり眠っていないせいか、そうすると睡魔《すいま》が襲ってきた。

今はこのまま眠ってしまおう。目が覚めたらすべて夢だったという、都合のいい展開を願いながら。

丸一日、彬は何も食べずにひたすら眠り続けた。手首の痕は目立たなくなり、節々の痛みも薄れている。だが腰は重痛くて、思うように歩き回れない。

自分のペースで仕事ができるのを幸いに、月曜日は病院周りを諦め、支店でデスクワークをこなす。

もう秀輝に会いたくない。副島病院の担当から外してもらう方法を考えているうちに、課長に話しかけられてしまった。

「どうだった？」

接待の様子を課長に聞かれ、まあまあだと言葉を濁す。この話を早く切り上げたいのに、課長はとうとうとこれからの目標を話し出した。

「頼りにしてるからな」

副島総合病院の処方をどれだけ増やしたいか、具体的な数字まで出される。担当替えなど、とても言い出せる雰囲気ではなかった。仕方なく頷いてから、自席に戻る。

体の奥に何かが挟《はさ》まったような違和感に悩まされ、何度も席を立ってはトイレに駆け込みんで手を洗った。それでも、自分の何かが汚れているような気がしてならなかった。

火曜日の朝、営業車に乗りこみ、シートに深く身を沈める。

秀輝は今日の昼に来いと言い残した。もし顔を出さなかったら、どうなるだろう。自社の薬剤が処方してもらえないだけで済むか、それとも……。

秀輝が何をするのか、考えても分かりそうにない。そもそも、彼がどうして自分を選んだのかも不明なのだ。

深く息を吐いた。このまま誰も自分を知らない場所へ逃げてしまいたい。だけどそんな大胆《だいたん》な真似をする勇気もなかった。

結局、いつものように副島総合病院へ車を走らせた。

医局前の通路では、各社のMRが我先に診療を終えた医師に話しかけようと待機している。その中に紛《まぎ》れていると、飛田さん、と声をかけられた。

「ちょっといいかな」

和輝が立っていた。

「いつもお世話になっております」

深々と頭を下げる。

MRにとって、名前で呼ばれるのは名誉《めいよ》だ。会社名で呼ばれるのも上出来で、人間関係のできていない医師だと、おい、と呼ばれることもある。

「先週、秀輝と付き合わされたんだって？」

もしかして、あの陵辱を知られているのだろうか。血の気が引き、鞄を持つ手が震えた。

「それは……」

和輝はいつもと同じ、邪気《じゃき》のない笑顔を浮かべている。それをどう判断すべきなのか迷っていると、彼から会話を続けてくれた。

「飲みすぎたそうだけど、秀輝につられたのかな。あいつ、強いからね。あんまり付き合っちゃ駄目だよ」

白衣のポケットに右手を入れた和輝を見つめる。彼は知らないのだろうか。

「ええ、そうみたいです。お見苦しいところをお見せしてしまいました」

笑顔でごまかしてみると、彼は気にしないで、と左手を振った。

よかった。どうやらあの夜の出来事を知らないようだ。

「今度は僕も誘って」

「はい、ぜひ。いつがよろしいでしょう?」

早速、話を進めていく。和輝はこれまでハクトウ製薬の薬剤を処方してくれている。お礼の席を設けて、今後の処方増につなげていきたい。また、まだ処方のない秀輝に対して先に接待を設けてしまったことも、フォローしておきたかった。

「うーん、今月は当直が多いから、来月がいいな」

「それではその辺りで設定させていただきます」

「楽しみにしてるよ。じゃあ」

和輝は爽やかに去っていったが、すぐに他社のMRに話しかけられて足を止めた。通りかかった別の医師に話しかける。積極的な営業活動に出るのは、余計なことを考えたくないからだ。

廊下に人が増え、少し歩きにくくなった頃、秀輝の姿が見えた。険《けわ》しい表情で、不機嫌なオーラを放っている。

彼が歩くと人が自然と退《ひ》けた。古参のMRすら、彼には話しかけにくいようだ。

「ここにいたのか」

秀輝はわずかに歩調を緩め、彬を流し見た。その視線の鋭さが背筋を凍《こお》らせる。頭の中に断片的な記憶が蘇り、息を飲んだ。

「部屋まで来てくれ」

立ち止まらずに秀輝はそう言った。彬は逆らわない、いや逆らえないという確信があるのだろう。

彼の後に続き、和輝の横を通り抜けた。他社のMRたちの視線が痛い。彬だけが声をかけられて、おかしいと思ったのだろう。こんな目立ち方は心臓に悪かった。

医局を過ぎ、廊下の角を曲がる。ここから先には各科を代表する医師の個室があり、MRは約束がない限り立ち入らないという暗黙のルールがあった。

人気のない廊下の中ほどにあるドアを、秀輝が開けた。プレートには秀輝のフルネームが書かれている。

一言も発せず、彼は中に入った。続いて彬も足を踏み入れる。ドアは閉めなかった。

個室には大きな机に応接セット、本棚があった。壁一面の本棚は半分ほどしか埋まっていない。机の上も、パソコンと電話、それに書類入れしかなかった。物が少ないせいで、殺風景な印象を受ける。

「ドアを閉めてここに来い」

椅子に腰を下ろした秀輝が低い声で言った。ぴりぴりとした空気を放つ彼に逆らえず、ドアを閉めてこわごわと足を進める。

一メートルほど離れた場所に立った。これ以上近くに寄ったら、彼の眼差しに搦《から》めとられそうで怖かった。

「ここに呼ばれた理由は、分かっているな」

秀輝の目の色が変わる。机に肘をついた彼は、彬を射抜くように見た。まるで心の奥まで見透かすような、鋭い眼光だ。

胸が痛い。息が苦しい。ただ彼に見つめられているだけなのに、喉が干上がる。逃げなきゃ、と思った。だけど指先まで凍りついていて、動けない。

「服を脱げ。……ああ、下だけでいい」

支配者然とした顔で命じられる。その視線だけで、自分の中にあるスイッチが切り替わった。冷たくなっていた指先にまで、一気に熱が回る。

視界の中、秀輝以外のすべてが色を失った。彼だけが世界のすべてになる。

眼差しに操《あやつ》られるまま、ベルトに手をかけた。下着とスラックスを引き下ろす。靴と共にそれを脱ぎすてた。

下半身を露《あら》わにして、次はどうするのかと視線で問いかける。なんでこんなことをしているんだと叫ぶ理性は、秀輝の前では無力だった。

「床に這《は》って、お前の一番いやらしい場所を見せろ」

それがどこを指しているのか、深く考えずともすぐに分かった。彼は自分が変えた体を確認したいのだろう。

言われた通り、絨毯《じゅうたん》に膝をついた。腰を掲《かか》げるのに抵抗はあったが、背中に落ちてくる秀輝の視線が怖くなって、結局おずおずと下半身を持ち上げる。

双丘を指で押し拡げられた。こんな明るい場所で、恥ずかしい部分を覗かれる羞恥《しゅうち》に、体が熱くなっていく。

彼の指が窄まりに触れる。表面を撫でた彼は、少し指を埋めて抜いた。

「こんなに狭いのか。慣らしてハメてる時間はないな」

露骨な舌打ちが聞こえた。

「仕方がない、口を使うか。……こっちを向け」

その場で従順に体を回転させる。まるで彼のペットにでもなったかのようだ。

「口を開けろ」

唇に秀輝の昂ぶりを押し当てられた。まだ柔らかさの残るそれをぐいぐいと押しつけられて、仕方なく口を開いた。

「んぐっ」

入ってきたそれが舌の表面を擦る。往復する度に、それが熱を持ち、芯が通って太くなった。筋が膨れ、段差がくっきりと分かるようになる。

「……ん、ん……ふ……」

ネクタイを引っ張られて、好き放題に頭を揺さぶられた。

唇を使われ、性欲を処理させられている。物のような扱いだ。その屈辱が目の奥を熱くして、知らない内に涙が滲む。

喉奥を突かれると苦しい。えずきそうなのを堪えていると、腰の辺りが重たくなってきた。

「くわえているだけで、ここが大きくなるのか」

「ひっ……」

靴先で昂ぶりを軽く突かれた。敏感な場所を踏みつけられそうな恐怖に、体がみっともないほど震える。

痛くていやだ。だけどその痛みの中に、ほんの少しだけ快楽が隠れていた。それが余計に恐ろしい。ただ痛めつけられるだけなら、まだ耐えられる。だが性器を蹂躙《じゅうりん》されているにも拘らず感じてしまうのは、惨めだった。

目線を上げた。見下ろす秀輝の瞳に浮かぶ嗜虐《しぎゃく》の色に心が波打つ。支配することを当然とするその眼差しに、逆らえない。陵辱の一日が、彬をすっかり従順に変えてしまっていた。

「っ……う……」

上あごを強めに擦られ、堪えきれずに声が零れた。

「お前は少し痛いのが好きみたいだな」

低く笑った秀輝は、彬の窄めた両頬に親指を押し当てた。まるで口内にある自分の屹立の位置を確かめるかのような仕草だった。

「出すぞ。すぐに飲むなよ、いいな」

こくこくと頷き、秀輝を見上げる。彼の頬はわずかに紅潮《こうちょう》し、呼吸も乱れ気味だ。それだけ彼も感じてくれているのだと知って、胸が苦しくなった。

唇がめくれあがる勢いで抽挿される。喉を突かれる苦しさに涙を滲ませながら、懸命《けんめい》に吸った。

「っ……」

頬に置かれた秀輝の指に力がこもる。次の瞬間、舌に、喉に、重みのある体液が迸《ほとばし》った。粘膜を打つその強さに慄《おのの》いて頭を引きそうになるが、秀輝に押さえ込まれてできなかった。放出した後も、秀輝はすぐに体を離さなかった。髪の毛や頬を撫でて、彬の性感が覚めない程度に触れてくる。

彼の放った熱が、舌を痺れさせた。蕩《とろ》けるような従属感が恐ろしい。こんなことで快楽を得てはいけないと、理性はずっと警告している。だけど恍惚《こうこつ》にも似た疼きが体を熱くして、すぐに何も考えられない状態に成り果てた。

秀輝がゆっくり腰を引いた。

「舌を出せ」

言われるまま、彼の体液をまとった舌を突き出す。みっともない顔を晒す恥辱が脳を焦《こ》がした。

「飲んでいいぞ」

許可を与えられて口を閉じる。これではまるで、ご褒美だ。

ぬるい体液と唾液を飲み込む、喉に絡む不快さを堪えて、すべて飲み干した。

「綺麗にしろ」

濡れた口元を手の甲で拭ってから、再び秀輝のそれに唇を寄せる。舌を出して、それを清めた。特に先端の窪みは、残滓《ざんし》を吸ってから尖《とが》らせた舌で舐めとるようにした。

満足げに息を吐いた秀輝が、頭を撫でてくれる。

「お前もいきたいか」

問いかけられても、すぐに答えられない。いきたいけれど、それではこんな状態で昂ぶっている自分を認めることになる。

「答えろ。いきたいか」

秀輝は靴を彬の性器に押し当てた。踏み潰されそうで恐ろしいのに、唇からは甘い吐息が零れた。

恐怖と快楽は似ている。少なくとも、彬の中では紙一重のものだ。

「……いきたい、です」

そう答えたのは、早くこの場から解放されたいからだ。決して、口淫《こういん》しただけで昂ぶった体をもてあましているからじゃない。

「一人でやれ。ここで見ててやる。いやならそのまま帰るんだな」

秀輝は長い足を組んだ。

帰るチャンスだ。だがこの状態では、下着を穿《は》くことすら難しいだろう。先端を濡らすほど勃起した自分の性器が恨めしい。

仕方ない、帰るためだ。覚悟を決めて、自らを慰《なぐさ》めるべく右手を性器に触れた。

天を仰ぐ状態になったそれの、硬さと熱さに驚いた。どうしてこんなに興奮しているのか不思議でたまらない。ただ口で彼に奉仕しただけなのに。

根元から先端に向けて、数度扱いた。秀輝の視線を感じ、手の中で欲望が脈打つ。喉がからからになり、乾いた唇を舌で濡らした。

窪みから溢れ出る蜜が指を汚す。その手を秀輝が取った。

「ああっ……」

彼の唇に、指が吸い込まれる。瞬きを忘れてその光景を見つめた。

舌が指に絡む。秀輝は彬を見据《みす》えたまま、指を舐めしゃぶった。

滴《したた》るような色気に、呼吸も瞬きも忘れた。心臓が体の外で脈打って、時間の流れすら遅くなる。指に巻きつく舌の柔らかさと熱さがたまらない。

秀輝はたっぷりと濡らした指から唇を離した。

「前だけじゃなくて、後ろに指を入れてみろ」

指と秀輝の顔を交互に見つめる。眼差しに操られ、足を開いた。そうしないといけない気がした。

こわごわと窄まりに触れてみる。中心に指を押し当てて、息を吐いた。

「っ……ん……」

初めて触れる自分の内側は、きつくて熱かった。異物に驚いたのか、そこがきゅうっと収縮する。指一本でも、かなりの圧迫感があった。こんな狭い場所に、秀輝の昂ぶりが納まるなんて信じられない。

彼がそうしたように、指を突き入れては引き抜く。そのリズムに合わせて腰を揺らし、左手で欲望を擦る。普段とは別の手を使った自慰《じい》は、もどかしいだけに快感が募った。

「うっ……」

指が窄まりの中にあるわずかな隆起に触れた途端、びりびりと痺れが走った。これが前立腺なのか。強烈な刺激が怖くて、指を逃がした。

「気持ちいいか」

秀輝の問いに、がくがくと頷いた。

「い、いい、です……」

彼の目の前で自慰に耽《ふけ》っているのだから、隠しようがない。素直に答えると、背骨が抜かれたみたいに力が抜ける。前屈みになったせいで、少し緩んだネクタイが性器の先端に触れた。

「いく時はちゃんと教えろ。勝手にいくなよ」

「うっ……、……もう、いきます……」

許可が欲しくて秀輝を見つめる。彼は彬の顔をじっと見てから、鷹揚《おうよう》に頷いた。

「いいぞ。いく時はちゃんと俺の目を見ろ」

「は……い……」

椅子に座っている秀輝を見上げた。

性器を扱きながら、窄まりに指を出し入れする、浅ましい姿を見られる。視線が皮膚に絡みつき、じわじわと締めつけてきた。

もう少しで、頂点に手が届く。手の動きを早めて、腰を振った。秀輝の目が細められる。その視線が、全身を燃え上がらせた。

極める直前、耐え切れず目を閉じた。

「あっ、出るっ……」

腰を震わせて、手のひらに放った。

やっと終わった。呆然と手に放った白濁を見つめる。独特のにおいを感じて、目がぐっと熱くなった。

後孔を慰めていた指を引き抜き、持ち歩いていたウェットティッシュで拭う。無言で後始末を終え、服を身につけた。ネクタイが汚れなくてよかった。

熱が冷めてしまうと、自分が晒した痴態《ちたい》が恐ろしくなってくる。早くこの場から逃げ出したい。帰るタイミングを考えていると、秀輝が机に肘をついた。

「お前の会社の薬だが」

唐突な問いかけに、頭がうまく働いてくれない。口を半開きにしたまま固まっていると、彼はハクトウ製薬の抗がん剤の名前を口にした。

「うちではまだ処方していないが、興味がある。詳しい資料を持って来い」

頭から足の先まで、すっと冷たいものが通り抜けた。

ここで仕事の話を持ち出されることが何を意味するかは、すぐに分かった。そうだ、これは取引なんだ。体を差し出して薬剤の処方を受ける、典型的な枕営業だ。

ホテルのベッドで縛られたあの時、卑怯な脅しを受けた。あの結果がこれだ。

「分かりました。次回、お持ちします」

手が震える。こんなの仕事じゃないと叫びだしたかった。

「ああ。次は後ろも使ってやる。……今日はもう帰っていい」

そう言って秀輝は、もう彬に用はないとばかりに、視線を手元の書類に落とした。

「……失礼します」

彼の個室を出る。医局前に戻る廊下を歩く。足を進める度に悔しさが募り、やがてそれは乾いた笑いに変わる。

男の自分が枕営業をする羽目になるなんて、想像もしていなかった。体を使う取引は最低で、絶対にしてはいけないものだという常識もあった。

それなのに、こんなことになってしまった。一体どこで、どの歯車が狂ったのか、分からないだけに胸が痛い。

会社を辞めて、何もかも投げ出せば、自由になれるかもしれない。だがその選択肢《せんたくし》は、失うものが大きすぎる。これまでごく平凡に生きてきた彬には勇気が必要だ。

これから、どうすればいいのだろう。そもそも自分は、どうしたいのだろう。分からないまま、彬は医局を通り抜け、副島総合病院を飛び出した。


月曜日の夜、彬は自宅のバスルームにこもる時間が長くなる。

マットに腰を下ろして足を開き、剃刀を手にした。

数日前に剃ったばかりなので、まださほど処理する部分はない。それでもぽつぽつと生えかけた体毛があったので、入念に剃った。

子供のように無防備になった肌を指でそっと撫でる。こんな準備までして、秀輝に抱かれにいく自分が、たまらなく惨めだった。

毎週火曜日の昼間は、秀輝の個室で過ごすようになっていた。金曜日の夜も隔週でホテルに呼び出され、嬲られる。暗黙の取り決めに、彬は逆らえなかった。

回数を重ねるごとに、秀輝の陵辱はひどくなっていた。

椅子に腰掛けた彼の足元に膝をついて口淫をしている最中に、誰かが入ってきたこともあった。物音を立てないように彬は必死で息さえ殺していたのに、秀輝は誰かと話しながら喉の奥を擦ってきた。

ここでばれたら、秀輝の立場だって悪くなる。それでも堂々としている彼を前に、彬の脳裏から逆らうという選択肢は姿を消し、いっそう従順に奉仕するようになった。彼の命令は絶対と、頭と体にきっちりと刷り込まれてしまったのだ。

働く姿だけを見ていれば、秀輝はとても素敵な人だ。抗がん剤の資料を持っていった時も、熱心に話を聞いてくれ、説明会をやろうという話になっている。外来で見かけた時も、患者の話を最後まで聞いて、真摯《しんし》に対応していた。

そんな彼だからこそ、あんな真似を強いるのが信じられない。自分をいたぶる時の彼は、まるで別人だ。

今も彬の胸には、秀輝への憧れが残っていた。取引を口実に陵辱され、粉々に壊れたはずなのに、まだ捨てきれない。彼の言動を正当化しようとする無駄な努力をしては、勝手に落胆する。そして残るのは、虚《むな》しさだけだった。

体を洗い終えて、バスルームを出る。鏡に映る自分は、少しやつれていた。


翌日、気が重いまま出社した朝、彬を待っていたのは課長の満面の笑みだった。

「いやー、すごいぞ、これ」

卸会社から上がってきた週間売上の速報だ。書かれた金額と先週比は、予想以上の数値だった。

「副島総合病院の処方が増えてる。このまま押してってくれよ」

肩を叩かれると、頑張りますと答えるしかできなかった。

恐ろしいほど仕事が順調だった。それが余計に、彬を苦しめる。その数字は本物じゃないのに、評価されるのは辛すぎた。

脅されて始まった関係が、こんな形で進むとは思わなかった。体を使って数字をあげるなんて、営業として正しいやり方とは思えない。こんなの間違ってる。だけどそれを、自分は正せない。すべては秀輝の手の内にある。

難しく考えないで、体と引き換えという取引を胸にしまってしまえばいいんだ。そう心に言い聞かせてみた。簡単に割り切れないと分かっていて、自分に嘘をついたのだ。そうしないとやってられなかった。

時計を見る。そろそろ副島総合病院へ行く時間だった。今日も秀輝に呼び出されている。しかもひとつ、命令を受けていた。

「じゃあ、行ってきます」

支店を出て、駐車場の車に乗り込む。助手席に鞄を置いてから、ハンドルに体を預けて息を吐いた。

「……行こう」

わざわざ声に出して、エンジンをかけた。憂鬱《ゆううつ》な火曜日の始まりだ。

道路は渋滞《じゅうたい》もなく順調だった。副島総合病院に少し早くついたので、小児科外来に自社キャラクターのシールを渡しに行った。まだ診療時間なので、何かの機会に使ってもらうようお願いだけして出てくる。

医局に行くために病棟の階段を上がっていると、少し上の踊《おど》り場《ば》から話し声が聞こえた。気になって少し顔を覗かせる。若い看護師が泣いていて、その前には和輝がいた。彼は白衣のポケットに手を入れて、だからね、と看護師を諭《さと》している。

「あんな風に言っても、君のことを頼りにしてるんだよ。だからもう、泣かないで」

「でも、でも、私……」

看護師の声は震えていた。

「もう自信ないです……」

ううっと泣きだした彼女を、和輝が肩に手を置いて慰める。彼は彼女の悲しみが自分のものであるかのような表情をしていた。

静かな階段に嗚咽《おえつ》が響く。まずいところに通りかかってしまった。気がつかれない内に立ち去ろうとそっと最寄階まで戻ると、そこに女性がいた。外科外来の看護師長だった。秀輝と食事の際、話題になった人だ。

師長は無言で微笑み、踵を返した。彬も無言でそれに続いた。

声が聞こえない距離まで移動したところで、師長は彬の目を見て言った。

「さっきの、見なかったことにしてあげてね」

「もちろんです。口外しないとお約束します」

「ありがとう」

ほっとしたように師長が言った。それから階段のある方向に目を向ける。

「彼女、秀輝先生に泣かされたのよ。あの先生は言い方がきついからね。見込みのある子にしか注意しないんだけど」

「そうでしたか」

秀輝の恐ろしさを知っているだけに、泣いていた彼女に同情する。彼の冷たい眼差しときつい言葉は、人を萎縮《いしゅく》させるに充分だ。

「そうやって落ち込んだ子を慰めるのは、内科の和輝先生の役目なの。この病院で秀輝先生に注意できるのが院長と和輝先生くらいだから。それでいつも揉《も》めてるわ、あの双子」

ため息混じりに呟いた師長が、肩を竦めた。

「外科部長なんて、院長の弟で秀輝先生にとっては叔父なんだから、もっと堂々としてればいいのに。すっかり威縮しちゃって」

ぶつぶつ言いながら、師長はじゃあ、とその場を立ち去った。

秀輝と和輝の双子の兄弟は、性格がまるっきり違うようだ。前に仲が良くないと聞いたが、これだけタイプが違えばそれも頷ける。

階段からさっき泣いていた看護師が出てきた。目と鼻を赤くした彼女は、強張った笑みを浮かべて足早にいなくなる。

もう階段を通っても良さそうだ。そろそろ準備を始めなくてはならない時間だ。早く医局の付近に行こう。

階段を上がり、病棟に足を向ける。その途中で和輝と顔を合わせた。

「こんにちは。最近、よく会うね。今日はどうしたの？」

彼はさっき見た辛そうな表情から一転して、柔らかな微笑を浮かべていた。

「今日は秀輝先生にお時間をいただいております」

一緒に医局方面に歩きながら答えた。

「そうなんだ。剤形改良のアンケート書いたから、後で僕のところにも寄ってくれる？」

先週お願いしていたアンケートだ。早速書いてくれたのはありがたかった。

「ありがとうございます。後でお邪魔してもよろしいですか？」

「午後は部屋にいるつもりだから、いつでもどうぞ。じゃあ、僕ちょっと用事があるから」

和輝と別れ、医局近くのトイレに入った。誰もいないのを確認してから個室に入る。

鞄の中から小さな袋を取り出した。中に入っているのは、ピンク色の卵型の玩具《がんぐ》と潤滑《じゅんかつ》用のジェル。先週、秀輝に渡されたものだ。

『ローターだ。今度ここに来る時は、それを入れて来い』

彼の命令に、できません、といえたらどんなに楽だっただろう。

だが彬は何も言わず、その玩具を受け取った。そして今、それを体に埋めようとしている。

ベルトを緩め、下着ごとスラックスを下ろした。全部脱いでいる時間はない。右足だけ靴を脱いで、便座のフタに足を乗せた。

後孔にジェルを塗る。あまり塗ると下着まで汚れるから、ほんの少しでいい。表面が柔らかくなったら、ジェルをまとった指を少しずつ埋めてみる。あまり抵抗がないのを確認して、指を引き抜いた。

五センチほどの玩具も濡らしておく。そこまで機械的に作業していたが、玩具を後孔に押し当てた瞬間、胸の奥から熱いものがこみあげてきた。

「うっ……」

なんでこんなことを、仕事中にしなくちゃいけないんだ。我に返った途端に襲いかかってくる情けなさに、涙が出そうになる。それを堪えて、玩具を後孔に埋めこんだ。

「くっ……」

痛みはなかった。秀輝によって開発されてしまった後孔は、既に受け入れることへの恐怖心を失ってしまっている。

淫らな体へと変化していく自分が恐ろしい。このままだと、秀輝が揶揄するように、男無しでは生きていられなくなってしまう。そんなのいやだ。だけどどうすればいい？

自答しながら、再び衣服を身に着ける。動作のひとつひとつで、中にある異物を確認する羽目になった。頬が発熱したようになって、足も震えてしまう。

ドアを開け、ゆっくりと足を進める。

廊下を歩く足取りがふらつく。体の奥が疼いて、数歩進んでは足を止める。すれ違った病院職員に不審《ふしん》な顔をされたが、笑ってごまかすしかできない。

「飛田さん、顔赤いけど大丈夫？」

医局前に立っていた顔見知りのＭＲに話しかけられる。

「平気です。ちょっと走ってきただけで」

少しずつ荒くなる呼吸をごまかし、額《ひたい》に滲んだ汗を手の甲で拭った。ハンカチを取り出す余裕はなかった。

痛みは殆どない分、違和感がすさまじい。冷たく無機質なものに苛《さいな》まれながら、なんとか秀輝の個室の前に辿りついた。

一体今日は、何をされるのだろう。竦む気持ちを叱咤し、ノックした。

「どうぞ」

秀輝の声が聞こえてから、息を吐く。ドアに手をかけた。

「失礼します」

秀輝は机に座っていた。室内の空気はぴんと張り詰めていて、今にも爆発しそうだ。

ドアに鍵をかけてから、彼の机の脇まで歩いていった。鞄を床に置く。

「ちゃんと突っ込んできたか？」

眼鏡越しの瞳には、既に嗜虐の色が宿っている。

「……はい」

その瞳に操られ、素直に頷いた。今日の彼は機嫌が悪そうだと、その表情と声色から感じ取る。怒らせないようにしなくては。

「見せてみろ」

無言でベルトに手をかける。すると秀輝が机を軽く叩いた。

「返事は？」

「……すぐに、お見せします」

従順な台詞を口にし、ベルトを外してスラックスを靴と共に脱ぎ捨てた。下着が濡れ始めているのを無視して引き下ろす。窮屈《きゅうくつ》そうに布を押し上げていた昂ぶりが、ぬるんと顔を出した。

既に先端の窪みを濡らしたそれは、秀輝の視線を感じてひくついた。

「ひくひくと物欲しげだな」

呆《あき》れた笑い声に身が竦む。

「汚すなよ」

そう言われて何をするかも、もう教え込まれていた。

鞄からコンドームを取り出す。パッケージを破り、薄いゴムを自分の性器に宛《あて》がった。彬がこれをつけるのは、秀輝の白衣を汚さないためだ。彼自身は、精液を彬の口か後孔に放つので必要ないと当然のように言い切っている。

秀輝の視線に羞恥を覚えながらも、根元までをゴムで覆った。少し窮屈そうに脈打つそれは、自分のものとはいえひどく卑猥だ。

秀輝は座ったまま、右手でまだ変化のない性器を取り出した。何も言われずとも、彼の足元に跪《ひざまず》く。

彼のそれは大きすぎて、口に入れるのは難しい。初めはくびれまでを含んで舐めるのがやっとで、それ以上は辛かった。だが今は、ゆっくりとなら奥まで飲み込める。喉奥を開くのを覚え、唇から引き出す時に軽く歯を当てて秀輝を悦ばせたりもできた。

こんなことがうまくなって、一体どうなるというのか。自嘲《じちょう》しつつも、秀輝のそれに唇を寄せる。まずは形を辿るように舌を這わせ、熱を持ち始めると両手で捧《ささ》げ持つ。先端に吸いつき、くびれの部分だけを出し入れした。じゅぼっと卑猥な音が室内に響く。

大きく育ってきたら、唇で全体を挟んで扱く動きに変えた。膨らんだ筋は舌で辿り、くびれの裏側は特に念入りに舐める。

「うまくなったな」

秀輝の呼吸がわずかに乱れた。

耳をそっと撫でられる。褒められたのが嬉しくて、熱心に奉仕をした。

「……もういい」

彼の屹立から引き離された。唾液が糸を引き、名残惜しいと訴えている。

「そこに手をつけ」

腕を引かれて立ち上がる。はいと小さく返事をしてから、言われるまま机に手をついた。

秀輝の指が腰を撫で、尻を割り開いた。

「奥まで入れてるな」

玩具についていた紐を軽く引っ張られる。

「あぅ」

当たる位置が変わり、腰をくねらせてしまった。既に後孔は蕩けていて、素直に快楽を貪《むさぼ》る器官になっていた。

「っ……ん、っ……」

埋められたままの玩具を引き出される。縁をめくるようにして抜け落ちる感覚に、身震いした。

「もう蕩けてるな。ここに座って、自分でハメてみろ」

秀輝が膝を指した。

「……それは……できません……」

まだ自分から受け入れたことはない。そんなの無理だと精一杯の反抗をしたけれど、やれと腰を抱えられた。

足を開き、秀輝の膝に跨《また》がって向き合う。それから右手で、彼の欲望に触れた。

こんな大きなものが、本当に入るのだろうか。いつものように疑問に思いつつ後孔に宛がう。だが先端が逃げてしまって、うまくいかない。

「ちゃんと指で開け。……こうだ」

秀輝の指が後孔に差し入れられた。口を開けたそこに、熱く濡れた欲望が当たる。

「力を抜け」

「うっ……はい、るっ……」

きついそこをこじ開けて、中に入ってくる。その瞬間は辛くて苦しい。だがそれを越えたところに快楽があると、彬の体はもう知ってしまっている。

「っ……」

椅子から落ちそうになり、秀輝の体にすがりついた。彼は軽々と彬を抱えて、椅子に深く座り直す。

「ここもすっかり慣れたな」

秀輝は満足そうな吐息を零し、彬の尻を撫で回した。

「ここが俺の形になるのも悪くない」

つながった部分を指で探られ、息を詰めた。限界まで引き伸ばされた粘膜を引っかかれると、そこがじんじんと痺れる。

「あっ……んっ……！」

下から突き上げられて、嬌声《きょうせい》を放つ。二人分の体重がかかった椅子が、軋《きし》んだ音を立てた。

「あっ……だめ、……いい……」

すっかり秀輝を受け入れることに慣れた体は、与えられた快楽を素直に貪る。

「どっちだ」

苦笑した秀輝が、腰を突き上げた。シャツ越しに乳首をまさぐられ、軽くひっかかれる。

敏感なそこが芯を持つと、シャツに擦れてむずがゆい。

無意識の内に胸を秀輝に突き出す。もっと弄って欲しいとねだるみたいな仕草だった。

意図を察した秀輝は小さく笑って、布の上から左の乳首が痛くなるほど摘まんだ。

「ふぁ……」

鼻から抜けたような声が出てしまう。

間に挟まれた欲望に目を向ける。ゴムに覆われたそれは、秀輝の白衣に擦られて脈打っていた。

「休んでないで動け」

秀輝の手が腰に置かれ、緩く回される。そのリズムに合わせて体を揺らした。

いつの間にか秀輝から張り詰めた空気が消え失せている。こちらを見上げる目はいつもと変わらず鋭いが、苛立《いらだ》ちは見えなかった。

いやらしい水音が響く室内に、機械音が鳴り響いた。机上の電話だ。

「静かにしていろ」

秀輝が電話を取る。

「はい。ああ、大丈夫だ。何かあったのか」

息も乱さずに会話を始めた彼に、目を見開いた。こんな状態で、平静な顔をして話す秀輝が信じられない。

「っ……う……」

秀輝は時折、突き上げるような動きをして彬を惑乱《わくらん》させた。声を出しちゃいけない、その制約が体をいつも以上に熱くさせる。

電話はなかなか終わらない。次第に頭が朦朧としてきた。

快楽に追いつめられていく。秀輝の肩に頭を預け、必死で体を駆《か》け巡《めぐ》る熱を逃がそうとする。だけど呼吸の度に、受け入れた楔《くさび》を強く意識しては腰を揺らしてしまった。

激しい抽挿をされたわけでもないのに、体は勝手に昂ぶっていく。刺激を欲しがった窄まりが秀輝の屹立に吸いついた。

「んっ……」

秀輝の欲望が力強く脈打つ。引き抜くような動きで弱みを抉られ、達しかけたその時、根元を指で強く握られた。頂点を目指して駆け上がろうとしていた快楽が、鋭い痛みに引き裂かれる。

「ひっ」

思わず声が出た。慌てて両手で口を覆うが、もう遅い。

「……誰が声を出せといった」

秀輝が電話を切った。だが相手には、最後の悲鳴が聞こえたに違いない。

「ご、ごめんなさい……」

どうしよう。自分がしでかした事態に顔色を失う。もし電話の相手が院内で、悲鳴に気づいてここへやってきたら。

想像に怯え、奥歯が鳴った。秀輝が顔を覗きこんできた。その目には妖《あや》しい輝きが宿っている。口元には珍しく笑みが浮かんでいた。

「おしおきだな」

腰骨を掴まれ、ずんと重い突き上げを受ける。椅子から落ちそうな勢いが怖くて、秀輝の首に縋《すが》りついた。

彼のにおいがする。病院独特の空気に甘さが混じる、不思議な香りだ。

「くっ……」

秀輝は小さく呻いてから、彬の体内に熱を吐き出した。それでも動くのをやめず、放った体液を粘膜に塗りこめる。

「ああっ……」

まだ硬いそれが入口をめくり、ずるりと出ていった。引き止めようと絡みつく粘膜のふしだらさは無視された。

まだ達していない体をもてあまし、濡れた瞳で秀輝を見上げる。彼は口元だけで笑って、彬の体を持ち上げた。

絨毯に下ろされる。次はどうなるのかと、期待と不安に満ちたまま秀輝を見ていると、彼は汚れた下肢を清めていた。

ちらりともこちらを見てくれないのが淋《さび》しい。かといって声をかけるのもはばかられ、結局は絨毯の上でじっとしているしかなかった。

後始末を終えた秀輝が立ち上がった。

「少し出てくる。すぐ戻るから、それまでお前は、これでもくわえてろ」

「あっ……」

まだ閉じきっていない後孔に、ローターが押し込まれる。さっきまで秀輝の昂ぶりを受け入れていたそこは、悦ぶようにひくついた。

「これだけでは物足りないようだな。……そうだ、ちょうどいいものがある」

そう言って秀輝が手にしたのは、見慣れたボールペンだった。

「それは……」

彬が営業活動時に配っている、社名入りのペンだ。ごく普通のペンに、ハクトウ製薬の名前とロゴが入っている。

それをなんに使うのかを瞬時に察して、体が逃げを打った。

「や、やめっ……」

だが腰を摑まれて動きを封じられてしまう。

「これも突っ込んでおいてやる。ローターだけじゃ物足りないだろ」

「離して……!」

足を押さえられ、両腕を後ろに引かれた。じたばたともがいても、秀輝の前では無力だ。

「騒ぐと誰か来るぞ」

低い声に体を竦ませている隙に、ネクタイで両手を縛られた。更に秀輝は彬の鞄からコンドームを取り出す。

「何本入るかな」

ボールペンにゴムを被《かぶ》せた秀輝に、肉づきの薄い双丘を割り開かれる。

「あっ……いやだっ……」

細くて硬いものが、窄まりに突き入れられた。ローターの位置が奥にずれ、弱みに当たる。

「……あうっ……」

「こんなものにも感じるのか。しょうもない体だな」

秀輝はもう一本ボールペンを入れてきた。二本を揃えてかき回される。くちゅくちゅと濡れた音が耳まで犯した。

「そろそろ出てくる。おとなしくしていろよ」

秀輝がペンから手を離す。

「や……ほどいて、ください」

こんな格好で放置なんて、冗談としか思えなかった。

「安心しろ。ノックもなしに来る奴はいない。そのままペン立てになっていろ」

机の足元に横向きで転がされ、頬を絨毯が擦った。秀輝は彬を一瞥《いちべつ》し、そのまま部屋を出て行った。鍵をかけた気配はなかった。

「うそ……」

机の下はドアから死角ではあるが、中に入ってきたら確実に見える場所だった。スラックスと下着を脱いだ状態でコンドームをつけ、後孔にローターとペンを挿《さ》しこまれている。体毛が剃り落としてあるから、そのすべてが丸見えだ。

こんな姿を誰かに見られたら、どうなるだろう。変態と罵《ののし》られるだろうか。それとも汚いものを見る目で、蔑《さげす》まれるのか。

想像に、体の芯がぶるりと震えた。

駄目だ、この姿を見られたら、何もかも失ってしまう。その恐怖に震え、指先から冷たくなっていく。

なんで自分がこんな目にあうのか。秀輝の手に堕ちたあの夜から何度も繰り返した質問が、頭を支配した。

秀輝のような男性ならば、悦んで彼の奴隷《どれい》になる相手など、いくらでもいるはずだ。彼はサディスティックな行為を好むが、それを受け入れる人だって存在するに違いない。それなのにどうして、自分をこんな風に扱うのか。

だが考えても答えは出ない。彬には、秀輝の気持ちは分からないのだから。

「あっ……」

身動いた拍子に埋められた玩具の位置が変わり、腰が跳ねた。感じたくない、そう思えば思うほど、皮膚が張りつめて敏感になる。廊下を歩く誰かの足音にさえ震えが走った。

静かにドアが開いた。秀輝が帰ってきた。足音に顔を上げる。

「……君は」

立っていたのは、秀輝ではなく、和輝だった。彼の息を飲む音がはっきりと聞こえた。

「どうしたの、そんな……」

彼は顔色を変えて近づいてくる。

「……来ないでください。いやだっ」

必死の制止を無視して、和輝は彬のそばに膝をついた。

体を丸めて隠そうとした。だがその動きのせいで、ペンの位置がずれて、これまでとは違う場所を刺激される。

「だめっ……」

見られているのを感じて、羞恥に全身が燃え出しそうになった。だけどその羞恥すらも、今の彬にとっては快楽のひとつだ。

「うっ……！」

熱が一転に集中する。……止められない！

ゴムの中で窮屈そうに弾けるそれを見られたくなくて、背を丸めた。こんなの快楽じゃない。そう否定したのに、体は裏切って頂点を極めている。しかも和輝の前で。

びくびくと震えながら、熱を吐き出す。放出はやたらと長く、いつまで終わってくれない。

「ん、ン……」

体がびくんと痙攣する。最後の一滴まで出し終えると、背骨がなくなったみたいにその場で脱力した。

生々しいにおいが広がる。その惨めさに涙が滲む。

こんな淫らな格好をして達する浅ましい姿を、和輝に見られてしまった。できるならこのまま、この世から消え去りたい……。

「飛田さん。……大丈夫、落ち着いて」

和輝は着ていた白衣を脱いで、彬の下半身にかけてくれた。手首を戒めていたネクタイも解いてくれる。

「……すみません」

お礼を言って、白衣に包まるようにして体を縮めた。

「秀輝にやられたの？」

問いかけられ、曖昧に首を振った。それを和輝は肯定と解釈したらしく、忌々《いまいま》しげに舌打ちする。和輝はいつもの穏やかな彼とは別人のような、険しい表情をしていた。

「まったく、あいつはなんてことを」

黙りこんでいると和輝はもしかして、と切り出した。

「秀輝とは、その……恋人、なの？」

即座に首を横に振る。しばらくして、湿ったため息が聞こえた。

「本当に申し訳ない。僕が謝るよ」

頭を下げた和輝は、長めの髪をかきあげてから立ち上がった。

「ドアの外で待ってるから、服を着たら出てきて。その間に秀輝が戻ってきたら、僕が話しておくから」

和輝はそれだけ言い残し、部屋を出て行った。

静かな部屋に一人残される。早くここを出なくては。秀輝が帰ってくる。

コンドームを外して始末してから、目を閉じて、コンドームに入れられたペンとローターを引き出す。奥から秀輝の体液が溢れ出し、肌を伝った。

それを意識したらまたおかしくなりそうで、何も考えないようにただ事務的にタオルで体を拭う。

鞄に入れてあった新しい下着を身につけた。こんなものを準備している自分へのやりきれなさに目をつぶり、立ち上がる。少し足がふらついたが、痛みはなかった。

荷物と和輝の白衣を抱えておそるおそるドアを開ける。廊下に和輝が立っていた。

「大丈夫？」

真っ直ぐに目を見て声をかけられる。無性にいたたまれなくなって、小さな声ではいと言うのが精一杯だった。

「僕のところにおいで。こっちだよ」

和輝の部屋は、廊下を挟んだ正面にあった。

秀輝の部屋とほぼ同じ広さとレイアウトだが、観葉植物や風景画が飾られ、ソファにカラフルなクッションが置かれているせいか、柔らかくて優しい感じがした。

ソファに座らせてもらう。和輝は机の脇にあるワゴンで、お茶を淹《い》れてくれた。

「はい、どうぞ」

「ありがとうございます」

遠慮なくいただいた。ぬくもりが広がり、自分の体が冷えていたのだと気づかされる。

「詳しい話はいいから、今は休んでて」

「すみません、ご迷惑をおかけして」

「君が謝ることじゃないよ。それに僕は……」

何か言いかけた和輝は、すぐになんでもないと左右に頭を振った。

「じゃあ、ゆっくりしてて」

和輝は部屋を出て行った。

ソファで手足を丸める。手首の戒められた赤い痕を見て、限界まで張り詰めたものが、一気に弾けた。

次から次へと、涙が溢れてくる。震えを押さえようと、足を抱え込んだ。淫らな格好で放置されて、見られながら射精した自分が情けない。後孔で達するような快楽なんて知りたくなかった。

「……どうしたの」

ドアが開き、戻ってきた和輝が駆け寄ってくる。

「なんでも……ありません」

しゃくりあげながら言うと、和輝が肩を抱きしめてくれた。

「無理しなくていいよ」

子供をあやすように頭を撫でられる。優しい手つきだった。

前に階段で見かけた場面を思い出す。看護師を慰めていた和輝は、今と同じような顔をしていた。

少しだけ、甘えてもいいだろうか。迷いつつ、彼の肩に額を預けた。

「秀輝はまだ戻ってきてなかったよ」

和輝が抑えた声で言った。

「彼には僕が話す。もうこんなことはさせないと約束する。だからね、もう泣かないで」

「は……い」

大人になってから、人前でこんなに泣いたのは初めてだった。手の甲で涙を拭ってから、和輝と向き合う。

「これから楽しいことをいっぱいしようよ。前に話していた食事の約束、覚えてる？　あれ、来週でもどうかな」

和輝の愛《いと》しむような笑顔が、胸を熱くする。明るく振舞ってくれるのが今はとてもありがたかった。

個室に放置された姿を和輝に見つかった日以来、秀輝からの連絡は途絶《とだ》えた。金曜日は呼び出しがないのが信じられず、携帯を何度もチェックした。けれど秀輝からは電話もメールもなかった。

これで終わりなのだろうか。疑問を覚えつつ、週末は、自宅でただひたすら寝た。そうすることで、何もかも忘れられるような気がした。それがまやかしと分かっていても、今はただすべてをリセットしたかった。

弱っていた体を休めると、精神的にも回復する。

月曜、そしていつも呼び出されていた火曜と連絡がなかった。これでやっと、解放されたのだという実感に包まれた。

シャワーを浴びながら、自分の下肢に目をやる。生えかけの体毛のむずがゆさも、今は喜ばしい。もう体毛の処理をしなくていいのだ。

もしこれから秀輝が何か脅しをかけてきても、和輝に相談すればどうにかなるような気がした。

水曜日、和輝に礼が言いたくて、副島総合病院の医局前の廊下で待った。診療を終えた和輝は、彬の姿を見つけて眩しいほどの笑顔でやってきた。

「こんにちは。飛田さん、来てたんだ」

まるで何もなかったかのように接してくれる。その心遣いに感謝した。

「はい。先日は色々とご迷惑をおかけしました」

深々と頭を下げる。

「だから、それは君が謝ることじゃないって。……どう、もう大丈夫？」

声を潜《ひそ》めた彼に、しっかりと頷く。

「はい、おかげさまで。……ありがとうございました」

嵐《あらし》のようなあの時間は、夢だったのだろうか。そう思えるほど、心も体も癒《い》えていた。

今となっては、秀輝に従順すぎた自分が不思議だ。

「君が元気になってくれればそれでいいよ。ね、ところで今週の土曜日、大丈夫だよね？」

「もちろんです。よろしくお願いします」

和輝とはあれから、メールアドレスを交換して連絡を取り合っていた。今週末、食事に行く約束をしている。一応は接待の形をとっているものの、和輝の誘い方はプライベートなものだった。

「じゃあ、楽しみにしてるね」

いつものごとく爽やかに和輝は去っていった。白衣の後ろ姿を見送る。

「……いきなり若先生二人に取り入ったのかよ。いい気になりやがって」

威嚇《いかく》するような低い声に驚いて振り返った。そこには名前だけは知っている他社のMRがいた。

MRは、他社と交流するタイプと、全く話さないタイプの二つに分かれる。声をかけてきた彼は古参のMRで、普段他社と会話をしない人だった。

「調子に乗るんじゃねぇぞ」

小さな声で、かつ笑顔で言われて、咄嗟《とっさ》に何も返せなかった。

端から見れば、秀輝と和輝に取り入ったように思われるだろう。それは仕方がないと頭では分かっているが、改めて他人に言われると胸が痛くなる。

体を引き換えにした取引なんて、望んでいなかったのに。

そのMRは目当ての医師が来たのか、さっさと踵を返した。

「気にすんなよ」

やりとりを見ていた別の会社のMRに励《はげ》まされる。彬と同世代の彼とは、よく情報交換をしている仲だ。

「あそこの会社、来年の合併を控えてリストラするって噂《うわさ》でさ。苛《いら》ついてるから、相手にするだけ損だよ」

「そうなんだ」

露骨なマイナス感情を突きつけられ、気分がよくなかった。ただ、彼の言ったことは嘘じゃない。だから余計に悔しかった。

でもここで落ち込んでいても仕方がない。

気持ちを切り替え、各医師たちに話しかけた。これまでは門前払いだった医師たちも、気軽に会話してくれるようになった。

午後の診療が始まる時間になると、医局前で医師を待つ行為は禁止されている。これで今日の副島総合病院での活動は終わりだった。


週末、和輝とは創作和食の店へ行った。病院からさほど離れていない場所にあるその店は、これまで何度か若手の医師の接待に使っていた。

小上がりの半個室で、向かい合って座る。

「お酒より甘いもの派なんだよね」

和輝がそう言ったのを考慮して、一緒にメニューを選んで注文を済ませた。

「飛田さんとは、一度ゆっくり話したかったんだ」

見慣れた白衣ではなく、ジャケット姿の和輝に至近距離でふわりと微笑まれた。それだけで空気が華やかにものに変わる。

まずはビールが、そしてすぐに料理の一部が運ばれてきた。

「じゃあ、食べようか」

頼んだビールもそこそこに、和輝が箸をとった。彼は左手で器用に箸を使った。二人で早速、かぼちゃとさつまいものテリーヌに舌鼓《したつづみ》を打つ。

「飛田さんはお酒をあまり飲まないの？」

口をつけただけのビールを見て、和輝が言った。

「嗜《たしな》む程度です」

秀輝との一件以来、誰かの前で飲酒するのが怖くて、酒量は抑《おさ》え気味になっていた。

「それならいいけど。僕に合わせて飲んでないなら、気にしなくていいからね」

和輝はテーブルに両手をついて、彬を見つめてきた。照れくさくなるほど真っ直ぐな眼差しに、視線の置き場がなくなってしまう。

和輝は話題が豊富で、会話には困らなかった。しかも聞き上手で、気がつけば彬は、大学のゼミの担当教授に勧められてMRになったことを話していた。

「漠然と物を売るのには向いていないから、専門知識が必要な仕事を選びなさいと言われたんです」

「それでMRになったんだ。その先生、飛田さんのことを良く見てくれてたんだね。……そういうの、羨《うらや》ましいな」

和輝が呟いた。

「羨ましい、ですか?」

その一言が意外で聞き返す。すると和輝は、ゆっくりと長い睫毛《まつげ》を下ろした。

「うん。自分で将来を選べるのがいいな、って。医者一族の家に生まれて、医者にならないのは難しいから。ああ、だからって、今の仕事に不満があるわけじゃないよ」

誤解しないで、と和輝は言って、視線をテーブルに落とした。

「ただ時々、大変なんだ。身近に優秀な人間がいるとね。自分はちゃんとやっていけてるのか、不安になったりして」

はっきりと誰のことは言わなかったが、それが秀輝を指していると察しがついた。

院内外で医師として評価の高い秀輝に比べると、和輝に目立った実績はないようだ。ただ病院スタッフの人気は抜群《ばつぐん》だった。みんなに好かれる優しさと気遣いは誇れるものだと思うが、優秀な兄弟を持つ苦悩はまた別のものなのだろう。

「スペアでいるのも、努力が必要なんだよ」

和輝はそう言って、ビールを飲み干した。

「スペアって、そんな」

卑下《ひげ》する言葉に眉を寄せる。誰かのスペアだなんて、淋しいことを言わないで欲しい。

「子供の頃からそう言われてるから、気にしてないよ。むしろ残念なんだ。優秀なスペアになれなくて」

おどけたような態度が自然なだけに、胸が痛くなった。彼だって一人の人間なのに、どうして周囲はそんなひどいことを言ったのか。

こんな時、どんな言葉で彼を励ませばいいのだろう。迷っていると、和輝はそろそろデザートかな、と呟いた。その一言が沈んだ空気を柔らかくしてくれた。

食事後、和輝をタクシーに乗せて見送ろうとしたが、同乗を求められた。あまりに熱心に誘われて乗り込み、気がつくと一緒に下ろされていた。

和輝の家は、病院近くにあるタワーマンションだった。

「もう少しだけ話したいから、いいよね」

和輝に誘われ、マンションへお邪魔することになった。

エントランスから豪華な仕様だった。玄関も重厚な造りで気後れするほど立派で、ごく普通のスーツを着ている自分は場違いに思えた。

リビングは広く、大きなテレビとソファ、長方形のテーブルがある。ソファには色とりどりのクッションが置かれていた。

「ソファに座って。そこだとテレビが見えるから」

和輝はシャンパンのハーフボトルとグラスを持ってきてくれた。

「あれ、冷蔵庫にチーズしかないや。食後でよかったぁ」

苦笑しながら、皿にチーズを載せてくる。

「料理しないから、ろくなものがなくてごめんね」

「いえ、どうぞお気遣いなく」

シャンパンの栓は和輝が抜いてくれた。甘いシャンパンは飲みやすかった。

「その辺のクッション、適当に使って」

「あ、はい。じゃあ」

丸いクッションを手に取る。するとその奥に、本が一冊あった。最近映画化されたベストセラー小説だ。

「これ、僕も読みました」

「面白かったよね。この作者の最新刊は読んだ？」

本の話をする内に、お互いが同じ書店に良く行くと分かり、会話が弾《はず》む。

「書店の正面出口を出て左角にあるお店、カフェモカがおいしいんだよ。飲んだことある？」

「いつも通り過ぎるだけで、入ったことがないです」

「じゃあ今度、一緒に行こうか」

「はい、ぜひ」

社交辞令ではあっても、彼に誘われると嬉しい。笑顔で頷いた時、胸ポケットの携帯から、バイブ音が聞こえた。

「携帯、出たら？」

和輝がそう言ってくれたので、失礼しますと断ってから携帯を取り出す。

「……兄からのメールでした」

開いて中身を確認する。来月、母の還暦祝いをするので参加しろという内容だった。返事はあとでいいと携帯をしまいこむ。

「お兄さんがいるんだ。仲良しなの？」

「たまに会うくらいです。連絡も、兄が母と同居しているからその絡みであるだけで」

顔を合わせるのは年に数回だと続ける。

「まあ、普通の兄弟は働き始めるとわざわざ会う時間なんて作らなくなるよね」

前に話を聞いた院内薬局の主任だけでなく、病院内や他社のＭＲからも、秀輝と和輝はあまり仲が良くないと聞いた。殆ど会話することはなく、あっても短いものらしい。

エレベーターで会った時はごく普通に話していたが、あれは珍しい場面だったと今ならよく分かる。

「ええ。特にうちの兄は昔から横暴なんで、僕から連絡して会うことはないです」

「横暴？　何かされたの？」

シャンパングラスを手にした和輝が問いかけてくる。

「いっぱいされました。特にいやだったのは、洗濯時に見分けがつかないからって、僕の下着にだけ大きく名前を書いたことかな。自分のには書かないんですよ。学校で着替える時、恥ずかしかった」

「あー、その気持ち、分かるなぁ。弟のものは自分のものって感覚なんだよね」

和輝も思い当たることがあるらしく、苦笑しながら同意してくれた。

不意に会話が途切れる。和輝はグラスをぐるぐると回し始めた。何かを言いかけてはやめ、天井を見上げて息を吐いた。

「飛田さん」

急に改まった口調で声をかけられ、グラスを置いた。

「なんでしょうか」

軽く背を伸ばして、隣に座る和輝に体を向けた。彼は難しい顔をして、徐《おもむろ》に口を開いた。

「僕と付き合ってくれないか」

「……？」

驚きのあまり、声が出なかった。付き合う、とはどこまでの意味だろう。すぐに判断できずに黙っていると、和輝は抑えた声で続けた。

「君が好きなんだ。初めて会った時から気になってた。君が医局の前に立っていると、話しかけたくてたまらなかった」

真っ直ぐな目で見つめられる。その眼差しをどう受け止めればいいのか分からず、曖昧に笑おうとして失敗した。

好き、と言われた。付き合ってくれというのは、恋人としてと解釈してもよさそうだ。

「秀輝が、その……あんなことをして君を傷つけたのは、分かってる。あいつとはちゃんと話をつけた」

秀輝の名前が出て、胸の辺りが締めつけられたように痛くなった。口元を手で覆う。息が苦しい。泣きそうになっていると、安心して、と言われた。

「飛田さんはもう、秀輝にかかわらなくていい。もし何か言ってきても、僕が君を守る」

真剣な告白に頬が上気する。和輝の整った顔立ちも、わずかに赤味が差していた。

「って、勝手に思ってたけど、迷惑かな」

彼は彬を見つめ、それから肩を落とした。

「突然こんなこと言われても困るよね。……ごめん、今のことはもう忘れて」

和輝は笑顔で会話を打ち切ろうとする。笑ってごまかそうとする必死さに、胸を打たれた。自分を傷つけないようにしてくれる、その心遣いが嬉しい。

「待ってください」

ここで話が終わったら、もう彼とは何も始まらない。話が合いそうなので彼とは親しくなりたいが、今は恋愛を始めるだけの気力はなかった。

脇にあったクッションを握る。どうすれば彼を傷つけずに、このまま親しくなれるのか。

「……お友達からでも、いいですか」

やっと見つけた答えを口にした。友達としてなら付き合えるし、もしかすると先に進めるかもしれないという期待も含んでいる。都合のいい返事かと言ってから心配になっていると、和輝が息を飲んだ。

「……いいの？」

端整《たんせい》な顔にぱっと華が咲いた。もしかして勘違《かんちが》いをさせたかと、慌てて口を開く。

「あの、僕はまだその、……正直に言って、誰かと今お付き合いできるか、分からなくて」

「うん、だから無理しないで。とりあえず、お友達からお願いします」

和輝が右手を差し出した。それを握る。真顔で握手してから、同時に噴き出した。何がおかしいわけでもないのに、握手をしたまま笑いは収まらなかった。

久しぶりに声を立てて笑って、気持ちが晴れた。

「でも、よかった」

和輝が手を解いて、胸を撫で下ろした。

「これでも勇気を振り絞ったんだ。振られたら悲しいから」

「副島先生を断るなんて、そんな」

そこまで言った時、待って、と遮られた。

「僕のことは、和輝って呼んで欲しい」

「……和輝先生」

同じやりとりを、秀輝ともした記憶がある。それを思い出してしまい、和輝の目を見られなくなってしまった。

「先生はいらないよ。友達に先生はつけないでしょ？　だから和輝でいい」

「でも、それは……和輝さん、でいいですか」

さすがに呼び捨てには抵抗があって、譲歩案《じょうほあん》を出した。この呼び方なら、秀輝を思い出さずに済む。

「堅苦しいなあ。でもまあ、最初はそれでいいや」

ちょっとだけ不服そうなのを隠しもせず、和輝が頷いた。

「僕は彬って呼んでもいい？」

顔を覗きこんで確認され、無言で頷いた。和輝との物理的な距離が縮まるのと比例するように、胸の鼓動が速く、大きくなっていく。

「ところで、僕は日曜が休みなんだ。よかったら今度、どこか一緒に出かけない？」

誘われて、脳内でスケジュールを開く。しばらく日曜は空いているから、じゃあ、と答えようとして、和輝が眉尻を下げているのに気づく。

「いきなり誘って、空気読めてなかったかな」

「そんなことないです。僕も日曜は休みなので、ぜひ。何時がいいですか？」

慌てて話を進める。和輝はほっとしたと様子を全面に出して、時間と場所を決めてくれた。

「息抜きも大事だよ。一緒に楽しいこと、いっぱいしようね」

魅力的な誘いに、彬は大きく頷いた。


日曜日、和輝とは大型書店の前で待ち合わせをした。約束の十分前に着いたら、和輝はもう待っていた。

「お待たせしてごめんなさい」

「まだ時間前だよ。僕が勝手に早く来ただけだから、気にしないで」

ふわりと笑った和輝は、デニムに薄手のコートを着ていた。白衣姿もいいが、私服姿の彼はやはり華やかで格好良い。

素直にそう告げたら、彼ははにかんで口元を手で隠してしまった。

「まずここ、見ようか」

和輝に誘われ、書店の中をうろついた。

「普段はどんな本を読まれるんですか」

和輝の趣味は読書だと聞いている。確かに彼の部屋にはいつも読みかけの本があった。

「面白そうなら何でも読むよ。ただ、医学ミステリーは苦手かな。仕事を思い出しちゃって。彬は何を読むの？」

「ビジネス書が多いです。あと、たまに時代物も」

「え、それは意外だなぁ」

二人で話をしながら本を買って、書店を出る。気がつけば一時間以上が過ぎていた。

近くのカフェに入り、和輝はカフェモカを頼んだ。彬も同じ物にした。

飲みながら、和輝はコーヒーにミルクを入れないと飲めないと教えてくれた。

「お子様舌って言われちゃうけど、しょうがないよね」

苦笑しつつ、和輝は紙コップを両手で包む。

「僕もミルクは入れます。ブラックは苦手で」

「そうなんだ。そういうの、一緒だと嬉しいな」

ストレートに言われて笑顔を向けられ、赤面してしまう。

「顔赤いよ？　寒い？」

頬をくっつけそうな勢いで顔を近づけてくる和輝に、ますます照れる。

男二人で顔を寄せ合って、周囲にはどんな関係と思われるのだろう。気になるけれど、それを和輝に言って雰囲気を壊すのもいやで、結局彼のペースに流される。

誰かにここまであからさまな好意を向けられた経験はなくて、どう振舞っていいのか分からない。

「これからどうしよう。ノープランで来ちゃってごめんね」

申し訳なさそうな和輝に対し、首を横に振った。

「いえ、僕も何も考えてなくてすみません」

お互いに謝りあってから、さてどうしようかと二人で考えた末、近くのシネコンで映画を見て、食事をした。ごく普通のデートコースだが、和輝といると楽しかった。

和輝は彬をさりげなくエスコートしてくれる。決して女性のような扱いはしないが、気を遣って接してくれているのが分かった。そんな風に誰かに大切にされるのは初めてで、一緒にいるとなんだか気持ちが浮き上がってしまう。

食事後、和輝は彬を自宅まで送ってくれた。

「今日は楽しかった。またこんな風に会ってくれる？」

玄関に立った和輝がそう言った。

「もちろんです。あの、よかったら、どうぞあがってください」

室内を示す。だが和輝は首を横に振った。

「今夜はここで失礼するよ。もう遅いから」

「でも……」

もう一度勧めたが、和輝は笑って首を横に振った。どうしても帰ってしまうのかと、残念な気持ちで彼を見上げた。

「そんな目で見ないで。我慢ができなくなる」

「我慢？」

「そう。君が僕を好きになってくれるまでは紳士でいたいんだ。だから帰るんだよ」

和輝にそう言われて、照れるあまりに顔を逸らした。引き止めるのは酷《こく》だと分かって、じゃあとだけ言った。

「おやすみ」

頬にかすめるようなキスをされた。

「……おやすみなさい」

帰っていく後ろ姿を見送る。このむずむずした気持ちは、なんだろう。振り返って手を振る和輝に同じように手を振りながら、久しく忘れていたときめきに戸惑う。

彼の姿が見えなくなっても、その場から動けなかった。

副島総合病院で薬剤の説明会を行うには、各科の窓口担当の医師に申し込む必要がある。外科の担当は、穏やかそうな年配の男性だった。

秀輝からの紹介ということもあってか、それとも彼が事前に説明をしていたのか、話はスムーズに進んだ。三週間後の火曜日の昼に開催が決まったと連絡が入る。処方を増やすチャンスだった。

「説明会の話、聞いたよ」

週末、和輝の部屋でミルクたっぷりのカフェオレを飲んでいると、彼が唐突に言った。どこからか耳に入ったらしい。

今日は外出する予定だったが、大雨が降ったので中止していた。二人でまったりとレンタルしてきた映画を見るつもりだ。

「外科でやるなら、秀輝にも会うよね。心配だな」

横に座っている和輝がため息をついた。

「何かあったら、必ず僕に言ってね。今は君と秀輝を会わせたくないから」

「その時はよろしくお願いします」

頭を下げる。任せて、と和輝は言った。頼もしい返事にほっとする。あの日以来、秀輝からの接触が無いのはきっと和輝のおかげだ。

「僕も説明会に参加しようかな」

和輝はソファにおいてあったクッションを手元で転がしはじめた。

「それもいいですね。ぜひ参加してください」

「うん、考えておく。抗がん剤の知識は僕たちにも必要だから」

和輝はクッションを脇に置いた。

「さて、どれから見よう」

テーブルにはレンタルソフトが何本もある。和輝がそれを手にとった。

「どれにしましょう」

彼の手元を覗き込む。肩と肩が触れ合い、目が合った。いつも穏やかな笑みを浮かべている和輝が口元を引き結ぶ。そうすると、普段の明るく優しいイメージが薄れ、はっとするほど艶めいた表情になった。

この部屋で、好きと言われた。思い出した途端に彼を意識してしまい、そっと体を離した。だけど心音が早くなってしまい、落ち着きを失う。

「どうしたの」

和輝の手が肩に触れ、甘い表情で覗き込まれる。彼の薄い唇が目に入った。あの唇は、どんな感触がするのだろう。不意にそう思った自分に驚いた。

「そんな顔で見るなら、キスしちゃうよ？」

その一言で顔を上げる。和輝はおどけた口調とは裏腹に、真剣な顔をしていた。

「……いいなら、目を閉じて」

室内の空気から穏やかさが消えた。和輝以外が視界の中から色を失っていく。

ゆっくりと瞼を下ろした。たぶん小刻みに震えているはずだ。

二十八歳にしては、うぶすぎる反応を笑われないだろうか。心配になって薄目を開けようとした時、唇をしっとりと柔らかいものが覆った。口紅やグロスの味がしないキスは新鮮だ。

秀輝は一度も、キスをしてくれなかった。ついそんなことを考えて、和輝への申し訳なさに慌てる。今自分に触れているのは、和輝だ。彼だけのことを考えなくては。

「んっ……」

唇を吸われて、じんと痺れが走った。

気持ちいい。こんなにキスって、体が熱くなるものなんだ。

舌が触れ合う。最初はためらいながら、舌先だけを触れさせる。それから少しずつ、唇を開いていった。

和輝の舌が唇の形を確かめるように舐めた後、口内に入ってきた。歯列を尖らせた舌でなぞられて、背中に熱いものが流れる。

唇を少しだけ離して、見つめあう。彼の瞳の中に、蕩けた顔をした自分がいた。

「……なんでこんなに恥ずかしいんだろ」

和輝は頬を染め、目を泳がせた。気恥ずかしそうなその姿に、彬もますます顔が熱くなる。

「好きだよ」

再び唇が重ねられる。彼の唇の柔らかさをもっと知りたくて、今度は彬から吸ってみた。

「んっ……」

お互いに唇を開き、舌を絡めあう。求め合うキスは官能的で、体を心から揺さぶった。

「彬」

名前を呼ばれただけで、胸が痛いほど高鳴る。何度も好きと言われて、その度に体温が上がっていった。

自分を好きになってくれた人を好きになるのは、自然なことだ。そう納得して、和輝さん、と名前を口にした。

「何？」

問いかけに、なんでもないと首を振る。ただ自分を熱っぽく見つめて求めてくれる彼を、確認したかっただけだ。

「少し、触ってもいい？」

キスの合間に囁かれる。唇を重ねただけでこんなに気持ちいいのに、触れられたらどうなってしまうんだろう。期待と怯えを胸に、静かに頷いた。

「……はい」

おそるおそるといった様子で、彼の左手が首筋に触れた。

「ここも？」

細くて長い指が耳にかかる。軽く引っ張られ、思わず目を閉じた。

「いやだったら言ってね。無理強い《むりじ》はしたくないから」

ひとつひとつ、彬の確認をとってから進もうとする濃《こま》やかさが心に染みる。強引な秀輝とは大違いだ。二人は優しさの配分が偏《かたよ》ったに違いない。

「大丈夫です」

近くで見れば、和輝の顔立ちは秀輝と良く似ていた。体つきも和輝が少し細身なだけだ。だけど放つ雰囲気が違う。

「かわいい」

耳朶《じだ》を噛まれる。それから彼の唇は、彬の首筋をさ迷った。

シャツのボタンに手がかかる。だが和輝は、ボタンを外さずに手を離した。

「どうしよう、止められない。……今日はキスだけにしようと思っていたのに、ごめんね」

焦ったように和輝が体を起こそうとする。その腕を引き止めた。

「いいです。……して、ください……」

このまま、まったりと友達付き合いをしていくのも悪くはないと思う。焦らずゆっくり関係を築いて、段階を踏む交際にも憧れる。

だけど和輝と初めてキスをして、もっと彼のことを知りたいと思ってしまった。今ここでやめられたら、正直言って辛い。

「彬……」

見下ろす和輝の目は、明らかに欲情していた。

「でも、僕は君を、大切にしたいんだ。だからこんな、その……」

軽く息を弾ませた和輝が頭を打ち振る。優しさゆえにここでやめようとする彼の気持ちは、よく分かる。大事にされているのはとても嬉しい。だけどこの状態で離れていくのは酷だ。

火の点いた体を和輝に寄せた。少しでもこの熱さを知ってもらいたかった。

「お願いです……今、……」

抱きしめて欲しいという小さな呟きは、和輝の耳に入っただろうか。

秀輝に陵辱された記憶を、上書きしてもらいたい。和輝に要求するのは間違っていると分かってはいるけれど、それをできるのは彼だけだ。

無言でぎゅっと抱きついた。体温が心地よくて、離れたくなかった。甘えるみたいに体をすり寄せる。

「分かった。……君を貰《もら》うよ。でも、ここじゃいやだ。ベッドに行こう」

啄《つい》ばむようなキスを続けながら、立ち上がってもつれあうように寝室に向かった。ドアを開けるのももどかしく、ベッドに倒れこむ。お互いの服を脱がせあい、下着だけになったところで、和輝が電気を点けた。

初めて見た彼の体は、均整が取れていて美しかった。なめしたような肌も艶《なま》めかしい。

「和輝さん、すごく綺麗だ」

「そんなに見ないで」

笑いながら、和輝は下着を脱いだ、露わになった彼の屹立は、すでに先端を濡らしていた。体格に見合った大きさと卑猥な形は、どうしても秀輝のそれを思い出させる。

こんなところも似てるんだと思ってから、そんな感想を持ってしまった自分を恥じた。秀輝と比べるなんて、和輝に対して失礼すぎる。

和輝が彬の下着に指をかけ、ゆっくりと引き下ろした。壊れやすいものを扱うような丁寧な手つきだった。

「彬も綺麗だよ」

うっとりとした顔で言われて、頬が赤く染まる。

「恥ずかしい、です……」

秀輝の命令で処理していた体毛は、まだ完全に生え揃っていない。それを今頃になって思い出した。無残《むざん》な状態を見られるのには抵抗があって、足を閉じてしまう。

「これは……」

理由を言うべきか迷って口ごもる。

「言わなくていいよ。ちょっと、部屋を明るくしすぎたかな」

和輝はそう言って、リモコンを手にした。部屋の照明が落とされる。

「これなら平気？」

耳元に唇を寄せて囁かれ、はいと小さく頷いた。

「なんかもう、……まずい」

切羽詰《せっぱつ》まった顔をした和輝が、彬に覆いかぶさってきた。

「触ってくれる？」

黙って頷き、手を伸ばした。熱い感触に躊躇したのは一瞬で、ゆっくりと指を這わせていく。手の中でぴくりと震えたそれに覚えたのは、愛しさだった。

「彬のも、大きくなってるね」

和輝の指が彬の性器に絡みつく。手のひらで揉まれて、そこがぐっと質量を増した。

「おいしそう。舐めてあげたいけど、今は僕がそんなにもちそうにない。ごめん、まずは手でいい？」

「僕も、もう……」

お互いの昂ぶりを擦り合わせる。くびれの裏側、膨らんだ筋がぶつかりあって、同時に呻いた。

「こうして寄せて、……ね」

先端の窪みをくっつけると、二人の体液が混ざる。それを親指で塗りつけるようにされて、腰の奥が疼いた。

「ああっ……」

じっとしていられず、腰を揺らす。

「もっと触って」

和輝に促《うなが》されて、手を伸ばした。触れた昂ぶりは熱かった。

性器を重ねると、片手では足りない。両手で包むように握り、先端から零れた蜜を混ぜる。

「ああっ……！」

根元から扱かれると、腰が砕《くだ》けそうになった。

「すごい、気持ちいいね」

和輝も息を弾ませている。

視線が絡む。どちらともなく目を閉じ、顔を寄せて唇を重ねた。舌先を触れ合わせ、吸いあう。すぐにそれだけじゃ足りなくなって、貪るように口づけ、唾液を飲ませあった。

「んんっ……」

しなる熱が押しつけられて、声が零れた。

体の位置を少しずらした和輝に、張り詰めた袋を突かれる。先走りを塗りつけられ、息が上がった。

胸元を和輝の指が這った。淡く色づいた部分を撫で、中心の突起を指の腹で擦られる。

「うっ」

鈍い痛みに眉を寄せた。

「ごめん、力が入っちゃった」

慌てて手を離した和輝は、宥《なだ》めるように額にキスをしてくれる。

「痛いのいやだよね」

和輝はまるで自分が痛い思いをしたかのような顔をして、謝ってきた。

「大丈夫です。……もっと」

彬から唇を重ねた。目を見開いた和輝は、嬉しそうに応えてくれる。

「僕のも、して」

艶っぽい声に導《みちび》かれ、おそるおそる、彼の胸元に指を這わす。小さな突起に触れると、

彼の体がぴくんと震えた。

「あー、もう。好きすぎて、おかしくなりそう……」

和輝が苦しげに囁き、強く抱きしめてきた。

抱き合うと、こんなに心が温かくなるんだ。初めて知る幸せなぬくもりに、体だけじゃなく、心も満たされる。

彼を好きだ、と思った。こんな風に自分を抱きしめてくれる人を、好きにならないはずがない。

「もっ、だめ……いきそう、です」

「うん、いいよ、僕も一緒に、ね」

二人で屹立を扱き合った。少し痛いくらいの強さが気持ちよくて、息が荒くなる。

「っ……でちゃうっ……」

「彬っ……」

唇をぴったりと重ねられた。吐息まで奪うような苦しさに興奮する中、快楽の波が押し寄せてくる。

うめきながら熱が弾けた。ほぼ同じタイミングで、和輝も熱を放った。それでも唇は離さなかった。

射精の快楽に、腰が震える。欲望の先端が気持ちよさに溶けそうだ。

やっぱり男として、こうして極めたい。射精のない絶頂はごめんだ。あんな極め方は、自分が自分じゃなくなるようで恐ろしかった。

荒い息をしながら、性器から指を離した。二人とも、下腹部がべたべたに汚れている。いつの間にか汗もかいていたが、今はそれすら心地よい。

「涙が出てる。どうしたの？」

まなじりに和輝の唇が触れる。なんでもないと小さな声で答え、彼の背に腕を回した。今は少しの隙間もなく、彼と密着していたかった。


支店では週に一回、MR会議がある。そこではいつも先週までの売上速報と現在の状況、情報交換が行われていた。

全体的に数字が伸びており、課長は上機嫌で、会議をいつもの半分の時間で終わらせてくれた。

「飛田、この調子で頼むぞ」

課長に声をかけられ、表面上は笑顔ではいと答えた。

売上の数字を見る。先月からの伸び率は全社トップだ。

だけど喜べない。これは秀輝に体を使った取引が残した数字であって、自分の実力ではないからだ。こんなことで評価されても悔しさを覚えるだけだ。この辛さから、早く解放されたい。

副島総合病院での抗がん剤の説明会はさ来週の火曜日だ。

そこで処方増の結果を出せれば、枕営業という引け目を感じなくて済む。そう考えると決めて、資料作りに没頭した。他のMRが作った資料も見せてもらい、どんな説明が効果的だったのか話しあっている内に、十二時になっていた。

「そろそろ飯、行く?」

林崎に声をかけられ、首を振る。

「ごめん、もう行かなきゃ。副島総合病院に行くんだ」

「そうなんだ。じゃあ現地集合?」

今夜は彼仕切りの合コンがあった。前からの約束なので、参加するつもりだ。

「うん、たぶん時間通りに行けると思う。遅れそうなら連絡する。じゃあ、行ってきます」

会社を出て車に乗り込み、携帯を取り出した。一緒に食事がしたいから、待ってて欲しいと和輝にメールする。

副島総合病院に行く途中にある和食の店で、予約しておいた弁当を受け取った。車に乗り込んで携帯を確認すると、和輝からメールが着ていた。待ってるね、とだけ書いてある。

和輝からのメールや電話の度に、胸が高鳴った。彼のそばにいると、どきどきもするけれど、同じだけ癒される。

あれから三度、彼の部屋に行った。一緒に体を高めあったけれど、それ以上は進まなかった。和輝は彬の気持ちを尊重してくれている。急ぐ必要はなかった。

副島総合病院に着き、差し入れを手に和輝の個室に向かう。その途中、診察室から歩いてくる秀輝と顔を合わせてしまった。

「秀輝先生……」

思わず足を止める。

「来てたのか。挨拶なしとは冷たいな」

白衣を重ね着した秀輝は、彬を一瞥して口元をわずかに緩めた。久しぶりに見る彼は、頬が少しこけて凄《すご》みを増している。だが前ほどの恐怖は感じなかった。

「今度は和輝に尻尾《しっぽ》を振っているそうじゃないか」

「そんなつもりは……」

秀輝の手が腰に回された。意味ありげに撫でられる。慌てて周囲を見回した。今は誰もいないが、こんな場所で見られたらまずい。

慌てて離れようとするが、秀輝に抱き込まれてしまう。

「じゃあなんであいつのそばにいる?」

耳に唇が触れる距離で囁かれる。

「離してください……」

目の奥を覗き込まれて、縛られたように動けなくなった。彬自身でさえ知らない心の奥底まで暴かれそうだ。

「あいつはここにハメてくれるのか」

露骨な問いかけと共に、指がスラックスの上から窄まりの辺りを撫でた。

「っ……」

そこにはまだ、和輝を受け入れていない。だがそんなこと、秀輝に関係なかった。

「お前はメスになったんだよ」

窄まりを指で押される。そこで快楽を得られると、彬に教え込んだのは秀輝だ。

「お前は必ず、俺に抱かれたくなる。あいつはお前を満足できないからな」

勝ち誇ったような言い方と、自信に満ちた表情に言葉を失った。

あまりに勝手な言い草だ。

和輝は彬をとても大切にしてくれている。体をつなげようとしないのも、自分を思いやってくれているからだ。その原因を作った秀輝に傲慢な物言いをされて、悔しかった。

和輝がどれだけ優しく癒してくれているか、反論したい。だが彬が反応するほど、秀輝は喜ぶだろう。だからここは我慢だ。何も言わずに唇を噛んだ。

「……失礼します」

手を振り払い、すばやく一礼し、その場から立ち去る。秀輝は追いかけて来なかった。

和輝の部屋のドアをノックすると、どうぞ、と言われた。

「お昼、お持ちしました」

和輝は白衣を脱いでいるところだった。シャツにネクタイ姿になった彼は、彬の手にある紙袋を見つけてまなじりをさげる。

いらっしゃい、と和輝が微笑んだ。その柔らかな表情に、ささくれかけていた心はあっさりと修復された。

「わざわざいいのに」

「おいしいと評判のお店のものなんです。僕も一緒に食べさせてください」

医師への食事の差し入れは、経費で落とせる。だけど今日は純粋に彼と食事がしたかっただけなので、自分で購入してきた。和輝との関係に、できるかぎり仕事を持ち込みたくない。

「もちろん、大歓迎だよ。お茶入れるね」

「じゃあ、お願いします」

和輝にお茶を用意してもらう。ソファに向かい合って座り、弁当を開いた。

いただきます、と和輝が手を合わせる。彬も同じようにした。

「……この玉子焼き、おいしい」

無邪気に目を輝かせる和輝を見ているだけで、幸せを感じた。

「そう言ってくれると思ってました」

和輝は甘めの味付けが好きなので、ここの玉子焼きは絶対に気に入ると確信していた。

「こっちのつくねもお勧めなんです」

「これ？」

一口大のつくねを口に運んだ和輝は、目を丸くしてじたばたした。かわいらしい仕草に笑みが零れる。

「ここの味、好きだなぁ」

「よかった」

少しだけ砕けた口調になると、和輝は嬉しそうな顔をした。

「ところで、今日は確か合コンだよね」

「あっ……はい」

箸を止める。前に軽く話はしていたが、まさか覚えているとは思わなかった。

「淋しいな。僕がいるのに行くんだ」

和輝はわざとらしいほどはっきりと拗《す》ねてみせた。

「これも仕事のひとつなんです。すみません」

頭を下げる。それから、大切な言葉を付け加えた。

「僕には和輝さんだけです」

「……本当に？」

探るような眼差しに、黙って頷いた。

「嬉しいな。じゃあ合コンも許してあげる。かわいい子がいても、浮気しちゃだめだよ」

邪気のない笑顔につられて、彬も笑った。

「明日はうちに来れそうなんだよね？」

「はい。仕事が終わったらお邪魔します」

「じゃあ待ってるね」

ほぼ同時に箸を置き、お茶を飲んだ。和輝とはこういうタイミングがよく合う。偶然かもしれないけれど、相性がいいみたいで嬉しい。

ずっとこうしていたいが、長居は失礼だ。和輝は午後の診療もあるから、そろそろお暇《いとま》しよう。帰ることを告げると、和輝は残念そうな顔をしたけれど、仕方がないねと言ってくれた。

「それでは、お邪魔しました」

「ちょっと待って」

和輝がドアを開けて、廊下を見回した。

「うん、大丈夫。あいつは中にいるみたい。僕がここにいる間に出るといいよ」

秀輝と顔を会わせないよう、配慮してくれている。その気遣いが嬉しいから、秀輝と話したことは黙っておこう。

「ありがとうございます。でももう大丈夫です。……和輝さんのおかげで」

秀輝と顔を会わせても逃げないで向き合えた。その勇気をくれたのは、和輝に愛されているという自信だった。

「そんな顔しないで」

困ったようなため息をつかれてしまい、何か気に障《さわ》ったかとフォローする前に、額に唇が押し当てられた。

「かわいすぎだよ」

くすぐったいキスに、頬が火照《ほて》った。ドアに隠れているとはいえ、いつ誰が来るか分からない場所で大胆すぎる。

「病院内ではこれ以上できないな。残念」

おどけたように言って、和輝は肩を竦めた。

「じゃあ、明日ね」

「はい。じゃあ、失礼します」

廊下の角を曲がるまで、和輝は見送ってくれた。片手をひらひらと振ってくれている。それに小さく手を振り返した。

エレベーターに乗り込んでから、額にそっと手を置いた。彼の唇の余韻がまだそこにあるような気がして、頬が緩む。

この年齢になって、こんな恋愛を始められるとは思ってなかった。甘酸《あまず》っぱい気持ちで胸が満たされて、今なら空さえ飛べそうだ。


翌日は和輝と買物に出かけた。待ち合わせは前と同じ書店の前。本を買ってから、和輝の希望で雑貨を扱う店に入った。

和輝はディスプレイされたマグカップを手に取る。

「どれがいいかな。彬はどれがいい？」

「え？」

「君用だよ。部屋に置いておくつもりなんだけど。……駄目かな」

和輝はちょっと困ったように目じりを下げた。

「全然、駄目じゃないです。でも、いいんですか？」

「もちろん。ほら、どれがいい？」

和輝と一緒に、並んだマグカップを手にとってどれにするか悩んだ。

「こっちだと大きすぎるね」

「これはちょっと重いです」

二人で物色して、結局、青のストライプのマグカップを選んだ。次はバスローブとスリッパ。それに歯ブラシも買って、店を出る。和輝といると、何でも選ぶのが楽しかった。

映画のDVDも購入し、デリで夕食用のサラダとピザも調達した。

「あと、パンも」

明日の朝の分、という和輝の何気ない一言にまで、舞い上がりそうになる。こんなに誰かの言動に一喜一憂《いっきいちゆう》するのは初めてだ。

自分にこんな一面があるとは思わなかった。新鮮な発見に驚きながら、買物袋を手分けして持って、和輝の家に帰った。

「じゃあ、ここが置き場ね」

バスローブと歯ブラシはバスルームにセットされた。マグカップは、キッチンのコーヒーメーカーの横に決まった。スリッパは早速履《は》いてみる。

「こうやってひとつひとつ、彬の物を増やしていきたいな」

屈託なく笑う和輝に、こっちが照れてしまう。

初めて足を踏み入れたキッチンを見回す。料理をしないという割には、皿と調理器具がたくさんあった。気になったものの、わざわざ聞くこともないと自分を納得させる。

こんなに素敵な彼には、それなりの過去があるはずだ。それに嫉妬《しっと》を覚えるのは事実だけど、わざわざ口にするのはためらわれた。

「そうだ、僕の部屋にも来てくださいね」

冷蔵庫からビールを取り出した和輝に声をかける。

「うん、ぜひ招待して。……さて、今日は行儀が悪いこと、しない？」

「え？」

和輝に誘われて、寝室に移動した。広いベッドに腰を下ろす。

「ここで食べよ」

脇にあったテーブルにピザが置かれた。寝転がって食べようということらしい。

「汚れても気にしないで。さ、試合始まるよ」

ビールを飲んでピザを食べながら、サッカーの試合を見た。偶然だが、二人とも同じチームを応援していた。

「あー、なんでそこ外すかな」

「チャンスだったのに」

シュートが外れて、二人でぼやいた。

「こういうの、楽しいね」

照れ笑いした和輝が、肩を抱き寄せてくる。彼はビールを口に含み、そのまま唇を寄せてきた。

口移しでビールを飲ませあう。ぬるくなったビールもおいしくて、喉が鳴った。

含みきれなかったビールが顎に伝う。それを和輝の唇が追いかけた。そのまま体重をかけてきた彼に押し倒される。

テレビから歓声が聞こえてきた。だけど試合なんて、もうどうでもよかった。

シャツのボタンがひとつ外れる度に、キスを交わす。何度しても、まだ足りないと思った。少しも彼と離れていたくなくて、裸になるとぴったりと体をくっつけた。

「彬」

「和輝さん」

ただ名前を呼ぶだけで、身も心も熱くなる。性感が高まり、どうしようもなく欲しくなってしまった。

「……舐めてみてもいいですか？」

和輝のそれに触れる。彼の分身だと思うと、愛しくてたまらない。これを口にして、舐めて、味わいたかった。

「もちろん。ね、一緒に舐めあおうよ。おいで」

誘われるまま、彼の体の上に、頭の位置を逆にして重なった。

「恥ずかしい……」

「ンっ……」

これだと何もかも見られてしまう。思わず足を閉じそうになったが、和輝に駄目だと言われた。

「もう、大きくなってる……」

彼の足の間にある欲望は、既に形を変えていた。そっと触れてみる。みっしりとした質量と熱さに、喉が干上がった。

「彬のもだよ。……食べちゃおうか」

「あっ……！」

和輝の口内に招き入れられる。熱い粘膜に包まれて、先っぽから蕩けそうだ。

「やっ、吸っちゃだめ……」

「気持ちいいでしょ」

先端を吸われながら、根元を扱かれる。お返しとばかりに、彬も和輝の欲望に吸いついた。

お互いの性器を口で愛撫しあう。和輝が自分の拙《つたな》い行為に感じてくれるのが、なによりの悦びだった。

体の位置をずらして、乳首を舐めあうなんて刺激的なこともした。和輝の胸の突起を口に含み、軽く吸う。彼は艶かしい声を上げて身をくねらせた。

「ここ、感じるんですね」

嬉しくなって、乳首を音を立てて吸った。

「駄目だよ、そんなにしちゃ」

笑いながら、同じように和輝も彬の乳首を口に含んで吸った。舌で転がされるから、真似してみる。

和輝の優しいリードで、最後はお互いの手足を絡めあって、同時に熱を放った。数え切れないくらいキスをして、唇が腫れたみたいになっているけれど、それさえも幸せだった。

シャワーを浴び、二人でベッドに入る。

「おやすみ」

和輝と向き合い、目を閉じた。だが眠りは、一向にやってこない。その原因から目をそむけようとしたが、できなかった。

「っ……」

体の奥が疼いている。射精したのに、体の芯が満たされない。男を欲しがって淫らに息づく場所を意識しないように、体を縮めた。

『――あいつはお前を満足できないからな』

秀輝の声がリフレインする。否定しても、あの時の彼の表情が離れてくれない。

秀輝によって強引に教えられた快楽が、体にくすぶっていた。抱かれたい、そんな気持ちを持ってしまうのは、彼のせいだ。

滅茶苦茶《めちゃくちゃ》に振り回され、蹂躙される悦楽なんて、知らなきゃよかった。そうすればこんな風に、体に裏切られる羽目にはならなかったのに。

薄く目を開ける。すぐそばに、端整な和輝の顔があった。自分を愛してくれる優しい和輝に、物足りなさを覚えるなんてどうかしてる。早くあんなことは忘れなくては。

軽く頭を振る。秀輝に抱かれた記憶を、頭から消去してしまいたかった。


数日後、和輝と夜に会う約束をした。仕事を終えて和輝にメールすると、彼はもう家に帰っていた。いつでも遊びにおいで、というメールのハートの絵文字ひとつで舞い上がる気持ちを抑え、彼の待つマンションへ急ぐ。

「お邪魔します」

部屋につくと、和輝が出迎えてくれた。ちゃんと彬用のスリッパも用意されている。

「これ、お土産です」

仕事中に立ち寄った有名店のチョコレートを和輝に渡した。

「ありがとう。あとで一緒に食べよう。冷蔵庫に入れとくね」

「お願いします」

やっと慣れてきた広いリビングの脇で、スーツの上着を脱ぐ。

「食事、まだだよね？　すぐに準備するから」

キッチンに行った和輝は、鍋を置いたコンロに火を点けた。

「作ってくれたんですか？」

「口に合うといいけど」

和輝がはにかんだ。料理が苦手だと話していたのに、わざわざ作ってくれて嬉しい。

「何かお手伝いします」

「もう出来上がってるから、大丈夫。座ってて」

勧められて、ダイニングテーブルについた。そこからはキッチンを見渡せた。和輝は真剣な顔で鍋をかきまぜている。ぎこちない手つきが愛しかった。

数分後、ハヤシライスにサラダ、野菜スープというメニューが運ばれてくる。

「いただきます」

手を合わせてからスプーンを手に取る。

「……おいしい」

ハヤシライスを食べて驚く。まろやかで優しい味だった。とろとろの玉ねぎの甘みと、トマトの酸味が程よく混ざっていておいしい。

「そう。よかった」

ほっと胸を撫で下ろした和輝は、自分で食べてみて納得したように頷いた。

「これ、どうやって作るんですか?」

きっとすごく時間がかかっただろう。料理には詳しくないけれど、手が込んでいるのはよく分かった。

「秘密」

いたずらっぽく笑った和輝は、そうだ、と声を上げた。

「食べさせて」

子供がおねだりするような口調で言い、口を開ける。餌《えさ》を待つ雛鳥《ひなどり》のような彼に頬を緩めながら、その唇にスプーンを運んだ。

「うん、おいしい。こうするともっとおいしいよ。じゃあ彬も。はい」

スプーンを差し出されて、素直に口を開いた。食べさせてもらったハヤシライスは、確かに何倍もおいしかった。

蜜のように甘いこの空間は、他人から見れば痛々しいかもしれない。だけど今の彬には、特別で大切な時間だった。

食事を終えて先にバスルームを使わせてもらった。バスローブ姿で寝室に向かう。和輝は入れ替わるようにシャワーを浴びている。

寝室に入ろうとした時、廊下の奥にあるドアが開いているのが目に入った。

『こっちの部屋は入らないでね。使っていないものを全部放り込んでるから、ひどい状態なんだ』

和輝はそう言っていたが、ちらりと見えた室内に散らかった様子はない。机と本棚があるから、書斎だろうか。

「何してるの」

「うわっ」

いつの間にか、すぐ横に和輝が立っていた。彼は彬と色違いのバスローブを着ている。

「奥のドアが開いていたんです」

「……ああ、さっき掃除したんだ」

間を置いて和輝が呟き、ドアを閉めに行った。ぱたん、と音を立ててドアが閉まる。戻ってきた彼が微笑む。その笑みに、なんとなく壁のようなものを感じた。きっとこの部屋のことは触れて欲しくないんだ。これ以上の詮索《せんさく》はやめよう。

「廊下は冷えるよ。こっちにおいで」

肩を抱かれて、素直に頷く。彼と共に寝室へ足を踏み入れた。

ベッドの正面にあるテレビでは、古い映画が流れていた。男性が女性をベッドに押し倒す場面だった。音がない分、余計に卑猥に見えた。

「もっとそばにきて」

和輝に腰を抱かれた。自然に体が密着する。和輝からは同じボディソープの香りがした。

「こういうの、どう思う？」

頬を撫でながら、和輝が画面を指差した。目隠しをされた女性が身悶《みもだ》えている。

「僕ね、こういうのに興奮するんだ。……もちろん、彬がいやならしないけど」

どう、と顔を覗きこまれる。そんなこといきなり聞かれても、すぐに答えられない。黙っていると、彼の指が髪に絡みついた。

「刺激的なこともいっぱいしたいな」

唇を重ねられる。無抵抗を了承ととったのか、和輝はベッドサイドにあったタオルを手にした。

「ちょっとだけ、ね……」

「はい……」

タオルで目隠しをされた。部屋の照明も落とされたみたいで、まったく何も見えなくなる。心もとない気分のまま、ベッドに組み敷かれた。

「怖くない？」

「……大丈夫です」

「よかった」

ぎゅっと抱きしめられると、和輝の鼓動を感じる。自分より速いくらいのそれが、求められているようで嬉しい。

和輝の指が首筋を撫でる。触れられた部分がじんわりと熱くなった。視覚を奪われると、他の感覚が敏感になるみたいだ。

バスローブを脱がされる。

「かわいい」

左利きの和輝は、右の乳首を指で弄りながら、左の乳首を吸った。彼の髪が肌をくすぐる。

皮膚を余すとこなく指と舌でまさぐられ、体温が上がった。触れ合う和輝の体も、徐々に熱を帯びていくのが分かる。

「んっ……」

体中を優しく撫でられて、息が乱れた。

「こっちも、触っていい？」

和輝の指が、後孔に伸びる。初めて彼に触れられた窄まりは、今は慎《つつ》ましく息づいている。だがそこは既に快楽を知っていた。

「いやなら触らないけど」

迷うように行き来する指先に身を震わせる。

「……いやじゃない、です……」

ふしだらかと思いつつ、正直に答えた。彼とひとつになりたい。その欲求に突き動かされ、わずかに足を広げる。

「ちょっと待って。このままじゃ君を傷つけてしまう。何か濡らせるもの、持ってくるね」

和輝の体温が離れ、少ししてからドアが閉まる音がした。

部屋に一人きりになった途端、かすかな不安が頭を過《よ》ぎる。秀輝の部屋に置き去りにされた時を思い出し、肌の表面がざわめいた。

誰かに見られるかもしれない、その恐怖の中で覚えた快楽は、惨めだった。あんなのはもう、経験したくない。

和輝の戻りを待つ間、シーツにぬくもりを移すようにして、淋しさを紛らわした。

ドアが開く音が聞こえ、ベッドに人が近づいてくる気配がする。よかった、戻ってきてくれた。

「和輝さん……？」

だけど何か変だ。言葉にできない違和感を、皮膚が感じ取っている。

「他に誰がいるの」

すぐそばで和輝の声が聞こえた。ベッドが軋む。

「怖いよね、ごめん。……やめようか？」

そっと頭を撫でられた。彼の声も、少し震えていた。

ここで拒めば、和輝は無理強いをしないだろう。そうなると、今度はいつ、抱こうとしてくれるのか。もう疼く熱をもてあますのはいやだ。できることなら、和輝ともっと深く、ちゃんと抱き合いたい。今はそのチャンスだった。

「……やめないでください」

覚悟を決めて、体から力を抜いた。

「じゃあ僕に任せてね。……足を広げて」

そろそろと足を開く。

後孔に人工的な潤みを与えられる。その感覚に眉を寄せた。耐えられないことはないが、決して気持ちいいとは思えない。でもこの先に、快楽はきっとある。

「鳥肌が立ってる。……怖い？」

やめようかと優しく問われ、首を横に振った。

「続けて、ください……」

「うん、じゃあ、もっと足を広げて」

おずおずと膝を広げる。和輝の指が後孔の表面に触れた。

円を描くようにしてから、少しずつ指を埋めては抜く。彼は決して急がなかった。潤みを足しながら、ゆっくりと指を馴染ませていく。じれったいような手つきがむずがゆい。

「もっと、してもいいかな。……ほら、指が増えたよ。平気？」

「ん、平気……」

無意識に甘い声が洩れ、腰が揺れる。あんまりそこで感じると、淫乱だと思われないだろうか。不安で竦んだ体を宥めるように、奥へと指が入ってくる。

「彬のここ、気持ちいい……」

和輝がうっとりとした声を上げ、指をぐるりと回した。

「あっ……」

弱みに指が触れ、背をしならせる。久しぶりに触れられたそこから、一気に熱が全身に広がった。

「ここだね、彬のいいところ。いっぱい触ってあげるから、声は我慢しないで」

「はぁ……いい、そこっ……」

二本の指で抽挿される。同じリズムで欲望を扱かれて、腰を突き上げてしまう。気持ちいい。前も後ろも刺激されて、体の内側に熱が蓄積《ちくせき》される。後孔は和輝の指にしゃぶりつくように収縮した。

「やっ……」

指が引き抜かれてしまった。

暗い視界が潤む。滲んだ涙をどうにかしたくてぎゅっと瞼を下ろすと、目隠しが濡れた。

「……もうこんなに……」

和輝の囁きが、少し遠くから聞こえた。意識が快楽に蕩けはじめ、口が閉じられなくなる。

ベッドがぎしっと鳴った。

「あっ、やめ……」

左足を摑まれ、大きく広げられる。有無を言わさぬその仕草に体が竦む。まるで秀輝みたいな強引さだった。

怖い。だけどこの恐怖は、自分で克服しなきゃいけないものだ。

「和輝さんっ……」

しがみつこうとした手を、和輝が握ってくれた。

「安心して、力を抜いて。今から、君の中に入るよ」

ぎゅっと手を握られた。指を一本一本絡めるような握り方に、安心を覚える。

大丈夫だと自分に言い聞かせて、息を吐いた。窄まりの表面に欲望が擦りつけられ、早く入りたいと訴えてくる。待ち望んでいたものが与えられる期待に、喉が痛いほど乾いた。

「ああっ……！」

昂ぶりが狭い窄まりをこじ開けて入ってくる。濡れた粘膜を舐めるように擦り、狭いそこを押し拡げていく。

「あ、あつ、いっ……」

体を貫く欲望は、火傷《やけど》しそうなほど熱かった。驚いて窄まった後孔は、やがて形を確かめるようにそれへとまとわりついていく。

「ふぁ、あっ……！」

奥まで埋めた状態で、抱きしめられる。裸の胸が隙間のないほど密着し、歓喜が次から次へと溢れた。

「ま、待って……」

静かに動き出した彼にすがりついた。見えないせいか、いつもより彼の体を逞《たくま》しく感じた。

彼のリズムに合わせて、体を揺らす。最初はゆっくり、徐々に早く。タイミングが合うと、気持ちよさが倍増する。

ベッドはいつもより沈んでいた。それだけ二人で激しく求め合っているからだ。

「っ……」

耳元にかかる呼吸も荒い。密着した彼の肌も汗ばんでいた。

「あ、んっ……！」

気持ちいい場所を狙《ねら》って突かれる。初めて体をつなげたのに、まるで彬の弱みを知り尽くしたかのような動きだった。

「気持ちいい?」

耳元で和輝が囁いた。甘い声が心を揺さぶる。

「すごく、いい……」

素直に告げる。全身が感じていて、蕩けるような喜悦に酔っていた。

「よかった。……もっと早く、こうしてあげればよかったね」

唇を塞《ふさ》がれる。柔らかな感触を味わいたくて、夢中でそれに吸いついた。抜き差しされるのと同じリズムで舌を抽挿される。息苦しさにさえ感じてしまい、彼の腕に爪を立てた。

「はぁ……あ、んっ……」

唇が離れると、嬌声が迸る。右の乳首を吸われ、舌の形を教え込むように押しつぶされた。左側は指で摘まれ、爪を立てられる。

「……ん、んっ……?」

何か、違う。再びかすかな違和感を覚えたが、両方の乳首を同時に摘まれて、意識は快感に塗りつぶされた。

「好きだよ、彬」

和輝の声が全身を包む。その甘い響きに酔わされて、体がまた熱くなる。力強いストロークで抽挿が繰り返され、官能を引きずり出された。

「っ……や、も……大きく……しないで」

もつれる舌で訴える。そんなに大きくされたら、そこが壊れてしまう。

「あっ、……だめ、……いくっ……！」

弱みを抉られて、背筋に痺れが走る。びくっと体が跳ねた。

体がばらばらになりそうな絶頂だった。いきなりどこかへ放り出されたようになって、頭が白く染まる。

「はぁ……はぁ……すごい、止まらない……」

熱がどくどくとあふれ出し、彼とくっつけあった肌の間が濡れた。

「……うっ」

出る、と小さな声が聞こえた。その低くかすれた声はひどく官能的で、彬の胸を弾ませる。

体内に注がれる欲望の熱さが嬉しい。彼が自分の体で快楽を得てくれた実感が押し寄せて、たまらない気持ちになった。

もっと欲しい、もっと彼を感じたい、そう願った時、放ったはずの熱に再び火が点いた。

「あっ、………また、いっちゃう……」

こんなことで達してしまうなんて、と頭の片隅で思う。だけど体は言うことを聞いてくれない。放たれた精を悦ぶように蠕動《ぜんどう》したそこは、彬の意思を無視して勝手に極めようとしていた。

「いいよ、好きなだけいって」

和輝の優しさに促され、再び絶頂の階段を一段飛ばしで駆け上がった。

「う、あっ、……」

「くっ……」

心も体も求めている人と結ばれるって、こんなに幸せなんだ。感動と余韻に浸っていると、最奥からゆっくりと屹立が抜かれた。

少し間を置いて、顔中にキスが降ってくる。目隠しの上から唇を押し当てられて、そのぬくもりに心が震えた。

目隠しが解かれ、和輝が心配そうに覗き込んでくる。

「泣いてるの？　怖かった？」

「びっくりして……その……。……ごめんなさい、うまく言えなくて」

うまく笑えなくて、泣き笑いのような顔になってしまった。

「謝る必要なんてないよ。ちゃんと君を抱いてあげられてよかった」

和輝は優しく彬を抱きしめてくれた。耳に彼の唇が触れる。

「君を愛してる。……こんな気持ちは、初めてなんだ」

「僕も、愛してます」

初めて口にした言葉は、照れくささと感動を同じだけ彬に植えつけた。

「嬉しいよ。僕のすべてを受け入れてくれて」

和輝の瞳に映る自分は、満ち足りた表情を浮かべている。愛される幸せと、愛する悦びを知った顔だった。

鼓動が少し落ち着くと、体の状態が気になった。下腹部の汚れを軽く始末する。

「……シャワー、浴びてきます」

ベッドから立ち上がろうとすると、だめ、と和輝に引き寄せられた。

「そんなにすぐ僕のそばを離れたいの？」

酷いな、と和輝は笑った。

「そんなつもりは……」

「じゃあもうちょっと、こうしてたいな。僕はベッドでいちゃいちゃするのが好きなんだ」

ね、とこめかみに口づけられた。それから瞼、頬、鼻先とキスをされる。それからやっと、唇に辿りついた。

穏やかなキスだった。柔らかに唇を啄ばまれて、力が抜けそうになり彼の腕にしがみつく。

和輝の体からは汗が引いていた。体をつなげた時はあんなに熱くなっていたのにそれが少し淋しい。彼にももっと、自分を感じてもらいたかった。

たぶん幸せというのは、今のような状態を言うのだ。彬は日々それを実感していた。和輝とちゃんと抱き合ってから、毎日がとても楽しく明るかった。仕事へのやる気にも満ちていて、その結果もついてきている。

営業会議を終えて自席に戻る。今日は夕方まで資料作成をする予定だった。

「なんか飛田、楽しそうだな」

気がつくと鼻歌交じりだったらしい。林崎に言われて、素直にまあ、と答えてしまった。

「もしかして、彼女できた？」

鋭い指摘に、マウスを持つ手を止める。答えには迷わなかった。

「そんなところかな」

「やっぱり」

林崎は大げさに頷いた。

「おかしいと思ったんだ。最近いつも笑顔じゃん。飛田ってもっとクールな感じだったのに」

たぶんそれは、和輝の影響だ。彼はいつも笑顔を絶《た》やさないから、一緒にいると癒されるし、笑うことも多くなる。

「全体的に柔らかくなった。心当たりあるだろ」

案外と鋭い観察眼を持つ林崎に、苦笑いを返した。端から見てもそんなにはっきり分かるほど、自分は変わったみたいだ。その変化は、和輝に近づけたようで嬉しい。

「自分でもちょっと驚いてる」

「何それ、ノロケかよ。な、相手はどんな感じの子？」

興味津々《きょうみしんしん》と顔に書いて、林崎は椅子ごと横にやってきた。彼は色恋沙汰《いろこいざた》の話題が大好きだ。

「優しくて綺麗な人だよ」

和輝を表現するのにぴったりの言葉を選ぶ。それから詳細《しょうさい》に及ぶ前に、会話を違う方向へと誘導した。

「というわけで、悪いけど、もう合コンには行かない。他を当たって」

「えー、息抜きで参加もなし？　また来月、頼まれてるんだけど」

林崎は困った顔をして、卓上のカレンダーを手に取った。

「ごめん」

なんと言われても、和輝という恋人がいる今、そういった場に参加する気にはなれない。

「まあしょうがないか。また合コン要員が減った。どうして俺にだけ春が来ないんだ」

嘆《なげ》く林崎を横目で見て、ノートパソコンに向かった。立ち上げたファイルは、来週行われる副島総合病院での説明会の資料だ。

説明会担当の医師にあらかじめ資料を提出することになっている。できれば今日中に届けておきたい。

作っておいた資料のデータを、開発部門から入手した最新のものと差替える。資料をプリントアウトして確認していると、和輝からメールが入っていた。

忙しい彼と毎日会うのは難しいが、こうしてメールのやりとりはできる。日常のほんのささいな内容でも、彼からのメールは嬉しかった。

メールを送信し、携帯を机の上に置く。和輝は当直で忙しいから、返事は期待しない。それでもつい気になって携帯を覗いてしまう。今までそんなことはなかった。こんなことでも自分の変化を気づかされ、彬は一人苦笑した。

数日後、副島総合病院の医局前にいると、秀輝に呼ばれた。彼は診療棟ではなく、個室のある廊下からやって来た。

「ちょっと来てくれ。話がある」

彬を見つめる視線は、いつもと変わらず鋭い。

「はい、伺います」

他社のＭＲの前では断れず、彼に続いて廊下を歩く。何も言わない白衣の後ろ姿が、ぴりぴりとした空気を放っている。

きっと自分は、前に他社のMRが言ったように、うまく秀輝に取り入ったと思われている。羨望《せんぼう》の視線を向けられて、やましさに俯いた。

通り過ぎたドアに視線を向ける。和輝の個室だ。

「和輝が気になるか。あいつはまだ診療中だ」

答えないでいると、秀輝は肩を竦めてドアを開けた。

彼の部屋には入れない。入りたくない。

思い出しただけで、体がかっと熱くなった。あの羞恥と屈辱の時間を、まだ体は忘れていなかった。

「何かご用でしょうか」

ドアの前で立ち止まって問いかける。無言で腕を摑まれ、個室の中へと押し込まれた。

久しぶりに入った室内は、がらんとして見えた。和輝の個室を見慣れたせいだろうか。

「あっ……」

ドアを閉めるなり腰を抱かれ、引き寄せられそうになった。

「やめてください」

身をよじって逃げる。秀輝も本気ではないのか、追ってこなかった。

「和輝とうまくやっているそうだな」

「プライベートなことなので、お答えできかねます」

強い視線に負けそうになりながら、必死で営業用の笑顔を作る。ここで彼に負けたくない。

「お前はあいつの本性を知らないだけだ」

秀輝が眼鏡の奥の目を細めた。お前は何も知らないと、言外に呆れている様子が見え隠れする。

「僕はどんな和輝さんでも好きです。どうぞご心配なく」

嘘偽《うそいつわ》りのない本心だから、自信を持って答えた。

「どんな和輝も、か。あいつがお前に何をしても、許せるのか？」

秀輝は探るような物言いをした。眼差しで値踏みされているのを感じ、胸を張って答える。

「もちろんです」

気持ちを疑われるのは心外だ。真っ直ぐに秀輝を見つめて答える。和輝に愛されている自負が背中を押してくれた。

秀輝が顔を近づけてくる。

「なるほど。自分が知っているものがすべてと思うとは、愚《おろ》かだな」

唇に吐息がかかる。彼に長く見つめられると、神経回路のどこかがずれてしまったように動けなくなりそうだ。視線を秀輝の胸元に逃がし、失礼しますと頭を下げた。

その場から辞そうとしたが、待て、と引き止められる。

「今日は仕事の話がある。そこへ座れ」

「……」

なんの話だろう。鞄を握る手に力がこもる。

「早くしろ。説明会の資料の件だ」

そう言われては逆らえず、ソファの隅に腰かけた。テーブルにしおりの挟まった本がある。前に和輝が買った本と同じタイトルだった。

「説明会の資料を見せてもらった」

秀輝は机の上からファイルを持ってきて、正面に座る。すっかり彼は医師モードに切り変わっていたので、そばにいても怯えなくて済んだ。

テーブルに、先日説明会担当の医師に渡した資料が置かれる。

「悪くはないが、この抗がん剤を使うメリットがはっきりと打ち出されていない。再発率の低下と、制吐剤と合わせて用いれば、吐き気などの副作用が抑えられることの二点をもっとアピールしろ」

「はい」

早口で言われ、聞き漏らしのないようにメモをとった。

「学会抄録に再発率低下のデータが発表されていたから、そのコピーもつけるといい。読んでない人間も多いからな」

「先日配られた分ですね。すぐに用意します」

矢継《やつ》ぎ早《ばや》に出された指示を、書きながら頭に叩き込む。

秀輝はハクトウ製薬の抗がん剤についてかなりの知識があった。質問はこれまで彬が渡した資料になかった部分にまで及び、鞄の中から学術資料をまとめた製品ファイルを取り出しても答えられない点があった。

「正確な数値が分かりません。社に戻って、すぐに調べてきます」

そう答えるしかなかった。勉強不足を痛感する。

「ああ。ついでに、新しい臨床データがあれば見せてくれ」

そこまで言って一息ついた秀輝は、膝の上で手を組んだ。

「この薬はもっと処方されるべきだ。ハクトウ製薬の前任者も含め、なんの遠慮をしているのか積極的ではないようだが」

皮肉る口調に肩を丸めた。

「申し訳ありません」

前任者はライバル社のガードに負け、医局前で壁のシミになっていたと聞いている。つい先日までの彬もそうだった。きっとその状況を、秀輝も知っているのだろう。

「もっと自信を持って勧めろ。自社の薬剤だろうが。これで救われる人たちがいるんだ、他社に負けるんじゃない」

彼が言うことはもっともだった。自社製品に自信を持つのは、営業の基本だ。大事な部分と分かっていたが、いつの間にか疎《おろそ》かになっていた。

医師とのコミュニケーション作りを重視し、売上の数値だけを気にしてきた自分を反省する。

「これから精一杯頑張ります。ご助言ありがとうございました」

素直に礼を言う。秀輝のおかげで目が覚めた。これからはもっと積極的に、誇りを持って薬剤を勧めていこう。それがMRの仕事だと、改めて気づかされた。

「お前のために言ってるわけじゃない。これで楽になる患者がいるから処方したいだけだ」

秀輝は素《そ》っ気《け》無《な》く言って、眼鏡の位置を直した。よく見れば、彼の目の下にはかすかな隈《くま》があった。その少し疲れた様子が、彼の男っぷりを上げている。

彼はそれ以上会話を続けるつもりはないらしく、資料を脇に退けた。

「では、資料を作り直して持って参ります」

秀輝が頷いたのを確認し、失礼しますと頭を下げた。

個室を出て、深く息を吐く。すぐに資料を作り直し、秀輝の質問の回答を用意しなくては。午後に急ぎの仕事はないから、支店に戻ろう。

足早に病院を出て、車に乗り込む。秀輝のおかげで、自分のやるべきことが見えてきた。

和輝の家に泊まった朝、目が覚めると視界が塞がれていた。タオルで目隠しをされているようだ。

「……な、なに？」

昨夜もこのベッドで和輝と愛し合った。挿入はなかったが、お互いの口と手で高めあい、眠りについたはずだ。それなのに、どうして……？

「朝から我慢できなくて。……悪い」

声がいつもより掠《かす》れている。耳ごと口に含むよう舐めしゃぶられた。

「彬を愛したい。駄目かな？」

和輝に言われると、全身から力が抜ける。それでも返事をためらっていると、首筋に唇が落ちてきた。肌を啄ばまれ、歯が立てられる。痕が残りそうなほどの強さに唇を噛む。

「ああっ……！」

抱きしめられると、重なった胸から鼓動が伝わってきた。自分と同じ速度で脈打つそれに、愛しさがこみ上げる。

後孔を潤され、欲望が突き入れられた。いつにない性急さが、求められているようで嬉しい。自然と体も、彼を受け入れようと柔らかく蕩けていく。朝からこんなふしだらな行為に耽る背徳感が、体をますます昂ぶらせた。

「和輝さん……」

彼の背に手を回そうとした。だが伸ばした手を掴まれて、シーツに押しつけられてしまう。

「なに？」

揺さぶられているせいか、和輝の声が遠い。それがとても淋しい。もっと彼に触れたい。

「あっ……」

激しい突き上げと同時に、乳首に爪を立てられた。

こんなに荒々しく求められたのは初めてだ。目隠しをした時の彼はいつもよりほんの少し強引で別人のようだけれど、今日は特にそう感じる。

腰を摑んで持ち上げ、ずんずんと容赦なく奥を貫くやり方は、まるで秀輝みたいだ。

「……ああっ！」

名前を思い浮かべた瞬間、陵辱の日々が頭を過ぎった。

物のような扱いを受け、いやでたまらなかった。屈辱に泣いた夜もあるのに、どうして今、思い出してしまうのか。

ぎゅっと指を握った。忘れようと思うのに、楔を打ち込まれる強さが、手首を摑むその力が、どうしても秀輝とつながってしまう。

「っ……う……」

秀輝に抱かれているような錯覚が興奮を呼び起こす。手首を押さえていた力が緩んだ。たまらず彼の肩を抱きしめる。どこかでかいだ記憶のある、柑橘系の香りがした。

頭をシーツに擦りつけて喘いだ。抱かれながら秀輝の陵辱を思い出し、体を熱くしている自分のふしだらさが恥ずかしく、許せない。心の中でごめんなさい、と何度も和輝に謝った。それでも申し訳なくて、目の前の肌にすがる。

「……和輝さん、……もっ、と……」

和輝の名前をただひたすら呼びながら、熱を放った。罪悪感すら快楽に変わることを、認めたくなかった。

副島総合病院での説明会当日、資料を机にセットしながら彬は時計を確認した。あと十五分後には、説明会を始める予定だ。

「飛田、そろそろお茶の用意しておくか」

林崎が顔を出した。

「うん、お願い」

今日は応援として、林崎を含めた同僚数人にも来てもらっていた。

説明会は昼休みを利用して行われる。場所は医局の横にある大会議室を使わせてもらうことになった。

出席してくれる人数分の昼食は用意してある。今回は抗がん剤ということで、中心は外科の関係者だが、内科を始めとした各科の医師にも参加をお願いしていた。

資料は昨日ぎりぎりまで修正し、納得がいくものができた。そのおかげで、自信をもって挑める。

会議室を見回す。和輝の姿が目に入った。笑顔を向けられ、頭を下げた。

室内がざわめいたので入口に目を向ける。秀輝が外科部長と入ってきた。こういった説明会に外科部長が参加してくれるのは稀《まれ》だと聞いている。秀輝の力添えのおかげだろう。

時間ぴったりに説明会を始めた。

「本日は貴重なお時間をいただき、ありがとうございます。本日担当させていただきます、ハクトウ製薬の飛田と申します。早速ですが、弊社の抗がん剤についてご紹介させていただきます」

スライドを使って、抗がん剤の説明をしていく。新薬ではないので、最近の症例を中心に処方するメリットを強調した。

説明会は滞りなく進み、予定通り十分ほど早く終わった。医師たちの食事の時間も確保できたおかげで、雰囲気よく終われた気がする。

時間いっぱいに詰め込むより、早めに終わらせた方が好印象だという秀輝のアドバイスに従ったのだが、有効だったようだ。これまでやってきた説明会は時間を使い切ることにこだわりすぎていたと反省する結果にもなった。

「ありがとうございました」

参加してくれた関係者に頭を下げる。

「お疲れさま。いい説明会だったね」

和輝が帰り際にそう言ってくれて、肩の力が抜けた。

「ありがとうございます」

「じゃあ、僕これからひとつ予定があるから、お先に。またね」

和輝は微笑を残して会議室を出て行った。

最後に、秀輝へお礼を言った。この説明会のやりとりで、彼は医師として尊敬できる人だと改めて思った。彼のアドバイスのおかげで、自分に何が足りないのかも分かった。

「よくやったな」

秀輝は眼鏡の奥の目を細めた。

「ありがとうございます。……これも先生のおかげです。この度はご助力添えに感謝します」

「医師として当然のことをしたまでだ」

自信に満ちたその表情に見惚《みと》れる。彼の医師として見せる顔は、いつも魅力的だ。

「参加した医師にはそれぞれアプローチしろ。俺からも一言言っておく」

「もちろん、そうさせていただきます」

秀輝と目が合った。その瞳にはいつもの鋭さはなく、優しさが滲み出ている。――こんな表情もするんだ。

見つめられるだけで胸がざわめき、瞳が潤む。その反応に自分でも驚いてしまって、うまく表情が作れない。

秀輝がそっと視線を外した。彬の動揺に気がつかないふりをしてくれたようだ。

「本日はどうもありがとうございました」

秀輝は黙って頷き、去っていった。彼の後ろ姿を見送る。その背中に、いつもの険しさはなかった。

説明会が終わると、もう彼との接点は薄くなる。これからはきっと、他のMRと同じように扱われるだろう。

すべてが無かったことになる。それに安心を覚えていいはずなのに、逆に胸が痛かった。その理由はたったひとつだ。

優秀な外科医である彼に、初めて会った時から心惹《こころひ》かれていた。たぶんその気持ちは、やがて恋に変わる可能性を含んでいた。

だけどそうならなかったのは、いきなりただの性欲処理の道具にされたせいだ。もしあれが無理やりじゃなくて合意の上だったら、あの強引ささえ魅力だった——。

和輝という恋人がいるのに、こんなことを考えるのは失礼だ。妄想《もうそう》を頭から追い出し、林崎と共に会議室の後片付けを始めた。


日曜日、彬は和輝と出かける約束をしていた。

待ち合わせ場所がいつもの書店前ではなく、病院近くの駅だった。珍しいなと思いつつ駅前のロータリーで待っていたら、和輝は車でやってきた。

「これに乗るの、初めてだよね」

国産ハイブリットカーのスポーツモデルだった。助手席に乗せてもらうと、車はすぐに動き出した。

「最近乗ってなかったから、たまには動かそうと思って。お気に入りのレストランがあるからそこに行こう。その前にちょっと一軒寄らせて」

和輝はまず、都心まで車を走らせ、ホテルや商業店舗のある複合施設に車を停めた。

「今度の学会用に、スーツを買ったんだ。それの引き取り」

そう言って、高級ブランドが建ち並ぶ通りを歩いていく。和輝がここ、と指した店は、彬でも名前を知っている高級スーツの代名詞の店だった。

「いつもここで買われるんですか？」

「スーツはね。他の物は適当だよ」

和輝が肩を竦めた。

「実は僕、昔から洋服にこだわりがなくて、つい最近まで秀輝と服を共有してたんだ」

「……共有？」

「そう。あいつ、飽《あ》きたら勝手に僕の部屋に服を押し込むんだ。だからそれを着てた」

ごく自然に言われたけれど、それは普通のことじゃない気がする。

「でも今は気を遣わなきゃと思ってる。あまり変な格好して、彬に呆れられたくないから」

和輝はさらりと甘い台詞を口にした。照れもせず堂々とした様子に、彬のほうが落ち着かなくなる。

「呆れたりしません。和輝さんはいつも素敵です」

「ありがとう、そう言ってくれると嬉しい」

はにかんだ表情に微笑み返した。ただこれだけのやりとりにさえ胸が弾んでしまう。

「いらっしゃいませ、副島様」

店に入ってすぐ、ショップの女性スタッフが声をかけてくる。和輝はスーツを引き取りたい旨を伝えた。

　待っている間、和輝は店内を見て回り、ディスプレイされたチェックのネクタイに目を止める。

「これ、いいな」

　彼が指したのは、淡いピンクに紺のチェックだった。

「素敵ですね。きっと和輝さんに似合います」

「そう？　……彬はこの、紺に赤がいいかな」

　色違いのネクタイを手に取った和輝は、それを彬の胸元に押し当てた。

「いいね。このネクタイ、お揃いで買っちゃおう。プレゼントするよ」

「え、じゃあそっちを僕が買います」

　そのまま本気で買いそうな和輝の勢いに慌てる。なんの理由もなくプレゼントなんてもらえない。

「いいから、ここは買わせて。……じゃあこれも、両方ください」

　和輝はさっさと色違いでネクタイを買ってしまった。

「いいんですか？」

　スーツを受け取り、店を出てから尋ねる。和輝は当然、と頷いた。

「僕が選んだものを身につけてる君が見たいんだ。だから気にしないで。さ、食事に行こう」

二人で駐車場に戻り、後部座席に荷物を積んだ。

いざ車に乗り込もうとした時、数台先の車から降りた男性が駆け寄ってくる。

「おう、副島。……えっと、和輝の方だよな？」

「そうだよ。久しぶり」

和輝が苦笑する。男性は悪い、と頭をかいた。

「この車、秀輝のかと思ってたよ」

男がそう言うと、和輝は軽く表情を強張らせた。

「彬、先に乗っててくれるかな」

素直に助手席に座った。和輝は男と携帯電話を手にやり取りした後、運転席に乗り込んできた。

「待たせてごめんね」

じゃあ行こうか、と和輝がエンジンをかけた。静かに車が動きだす。

「さっき会った彼、高校時代の友人なんだ。僕と秀輝の区別がついてないから困るよ」

「お二人はそんなに似てないと思いますが」

彼らは双子なだけあって、顔立ちはよく似ている。だがまとう雰囲気が違いすぎるから、間違えるほどではない。

「昔はもっと似てたんだよ。今は髪型も違うし、秀輝が眼鏡をかけているから、すぐに見分けがつくけど」

和輝はそれが少し残念であるかのような言い方をした。彬からすれば区別がつかないと困ると思うのだが、彼にとっては違うらしい。

「中学くらいまでは、入れ替わったりもしてたんだ。気づかない人も多くてね。さすがにテストはやらなかったけど、授業ではよくやったよ」

「そんな遊びをされてたんですか」

和輝はともかく、秀輝がそんないたずらをしているのは意外だった。

「うん。入れ替わりができるのは、双子の特権だから」

茶目《ちゃめ》っ気《け》のある表情で微笑んだ後、和輝は不意にその口元を引き締めた。

「彬は秀輝を許せるかな？」

無言で俯く。許せるかどうかなど、考えたこともなかった。

車が信号で停まる。車内の空気は一気に重たくなっていた。

「ごめん、変なこと聞いて」

和輝は頭をかいてから、前を見たまま、押し殺した声で続けた。

「秀輝が君を傷つけたことはよく分かってる。許して欲しいなんて言わないよ。……それでも、秀輝は僕の兄なんだ。血のつながりは消せない」

何か重たいものを吐き出すように、ゆっくりと時間をかけて和輝が言った。

「これからも僕は、彼の話をするかもしれない。それでもし辛い思いをしたら、正直に言って欲しい。僕が彼の話を口にするのに抵抗があるなら、気をつける」

「大丈夫です。僕は秀輝先生を憎んでいませんから」

それに、と心の中で続ける。秀輝先生に惹かれていました――。

取引を盾に陵辱され、怯えて苦しんだのに、彼へのほのかな憧れは消えなかった。和輝には申し訳ないけれど、その事実は認めるしかない。

「そう言ってもらえると嬉しいな」

和輝の横顔が明るくなった。

「秀輝は人間として問題はあるけど、優秀な医師なんだ。未来に明確なビジョンを持って、まだ古い体質が残るうちの病院を変えようと一生懸命《いっしょうけんめい》になってる」

信号が青に変わり、和輝はアクセルを踏み込んだ。

「彼はがん治療専門のセンターを作って、そこで最先端の医療体制を整えたいと考えているんだ。まだ時間はかかるかもしれないけど、きっと彼はやり遂げるよ。その時は、僕も腫瘍《しゅよう》内科医になって、彼をサポートするつもりでいる。力をあわせれば、救える人が増えるかもしれないからね」

腫瘍内科医は、がんの薬物治療に精通した専門医だ。認定制度は始まったばかりでまだ人数は少ないが、より有効な薬物療法が期待できる存在として注目を浴びていた。

「僕はそうやって、ずっと秀輝の後をついていくことになる。これまでも僕は彼を支えて生きてきたから。つまり僕は、……彼から離れられないんだ」

そこまで言ってから、和輝は首を横に振った。

「この生き方が正しいのかどうかは、正直よく分からない。それでも、僕にはこういう生き方しかできないんだ」

悲壮《ひそう》な面持《おもも》ちの和輝を見ていると、彬の胸も痛くなった。

「僕はどんなことがあっても、和輝さんについていきます。だから一人で悩まないで、僕にできることがあれば、言ってください。何でもしますから」

何もかも受け止める。その覚悟を決めて、ハンドルを握る和輝の手に自分の手を重ねた。

「うん。……ありがとう。すごく嬉しい。君を好きになって良かった」

和輝は泣きそうな顔で笑ってくれた。

和輝の気に入ってるレストランで食事をしてから、車で彼の自宅マンションに戻った。

帰りの車の中では、今後の話をたくさんした。そこで彬は、漠然と思っていた将来を初めて口にした。

「専門領域を担当するMRになれるよう、勉強してみます。うちの会社もそういったMRを育成しようとしているので。がん領域担当なら、和輝さんと仕事もできますよね」

マネージメントに向いている性格ではない自覚があるから、専門分野を持つMRへの道は現実的だ。ハクトウ製薬は現在、抗がん剤の中でも分子標的薬に力を入れていて、専門のMRの養成を考えていると聞いている。話があれば立候補しよう。

「君と一緒に仕事ができたら嬉しいな。君は恋人としてだけじゃなく、MRとしても最高だから」

和輝に褒められ、舞い上がった気持ちで僕も、と言った。

「和輝さんのそばにいたいです。……和輝さんのような素敵な先生はいません」

ほんの少し勇気を出して言ってみる。運転中の和輝は、真っ直ぐ前を見たまま言った。

「ずっと一緒にいようね」

その一言に、目の前が明るくなる。彼とならどんな困難も乗り越えられそうだ。

地下にある駐車場に停めて、買物した袋を手に部屋へと向かう。一緒にエレベーターに乗りこむと、和輝は荷物を持っていない手を伸ばしてきた。指を一本一本絡めるように握られる。彼が自宅のドアを開けるまで、手はつないだままだった。

「ただいま」

和輝はそう言ってリビングに入る。そろそろ陽射しが翳《かげ》り始めていた。

「まずこれ、片付けちゃうね」

荷物を手に寝室へ向かう。和輝はクローゼットに、スーツとネクタイをしまった。

「君のネクタイは、ここに置いておくね。うちに泊まった時、困らないように」

「……はい」

照れくささと嬉しさを隠し切れず、ネクタイを手にとった。彼の部屋に自分のものが増えるのは幸せだ。

ブーンとかすかな機械音が聞こえる。何かと見回すと、きっちりと整頓されたクローゼットの片隅に、自動巻きの腕時計用ワインディングマシーンがあった。中では腕時計が数本、回っている。

「これ……」

中央の腕時計に見覚えがあった。確か秀輝が、これと同じ物をしていた……。

顔を上げる。目の前にかかっている上質そうなスーツは、秀輝に初めて陵辱された夜、彼が着ていたものだ。

「彬」

いきなり後ろから抱きしめられた。

「んんっ」

唇を塞がれて、そのまま引きずるようにベッドに押し倒される。いつもと違う乱暴さについていけずに目を白黒させた。

和輝は無言で、彬の目に布をのせた。当然のように目隠しされたのは初めてだ。

激しいキスを受ける。舌で唇の表面を舐められ、わずかな隙間をこじ開けられた。

シャツのボタンが外され、胸元を指が這う。いつになく性急な和輝のペースに合わせようと、必死で口づけに応えた。

下着と共にボトムを脱がされた時、かすかな物音が聞こえた。

「な、に……？」

空気が揺れている。誰かが入ってきたような気配がして、頭を揺らした。

目隠しをしていても、ベッド脇に人が立っているのが分かる。なんで、一体誰が？

「和輝さん、これ、解いてください」

体を起こして目隠しに手をかけた。だがそれを阻むように、後ろから抱きすくめられる。

首筋に唇が落ちてきた。震える肌に、軽く歯を立てられる。

「……やだ、怖い……。和輝さん、目のこれ、外して……！」

いつもと何かが違う。熱が引き、体が小刻みに震えた。いやな予感に冷や汗が滲む。

「仕方ないな。何を見ても僕を嫌いにならないって約束する？」

改めて確認される。もちろん、と頷いてから、弾かれたように顔を上げた。

おかしい。和輝の声は自分の前から聞こえてきた。だけど首筋には吐息がかかっている。

後ろから伸し掛かっているのは、誰だ……？

「これが僕たちの愛し方なんだ。もう気がついちゃってるかな？　……受け止めてね」

目隠しが解かれる。正面に和輝がいた。——と言うことは。

自分を後ろから抱きしめている腕を見る。ゆっくりと首を後ろに捻った。

「……えっ……」

和輝がいる、と思った。だけど違う。彼は自分の前にいる。ほぼ同じ顔。だけど髪が少し短く、目つきに鋭さがあった。

「秀輝先生……？」

「正解だ」

自分を抱きしめているのは、眼鏡を外した秀輝だった。

「やだ、離して……！」

どうして秀輝がここにいるのか。慌てて彼の腕から逃げようとしたけれど、がっちりと腰を抱え込まれてしまってできない。

「暴れるなよ」

「こ、これはどういうことですか」

裏切られた衝撃に、声が震える。和輝を信じていたのに。踏みにじられた気持ちが悲鳴を上げた。

「そんなに睨まないで。僕はただ、君が好きで好きでたまらないんだ」

和輝が肩を竦めた。

「じゃあ、なんでこんな……」

肩に秀輝が顎を乗せた。背中にぴったりと密着されて、シャツ越しに彼の体温が伝わってくる。

「言ったでしょ、これが僕たちの愛し方だって。大切な人は秀輝と一緒にかわいがりたい」

和輝は彬の頰をそっと撫でてきた。

「もちろん、誰にでもじゃないよ。こんなことしてあげるの、特別な相手だけ。……つまりこうするのが、僕たちの最大の愛情表現」

微笑む和輝は、まるで見知らぬ人のようだった。こんなに近くにいるのに、彼がとても遠く感じる。

「僕ね、君を抱きたいと思わないんだ」

その一言が、指先まで凍りつかせる。そんなにも自分は魅力がないのか。それでは、どうして和輝は自分と付き合うと言い出したのだろう。

疑問が頭を駆け巡る。何から聞けばいいのか分からず、口を開けては閉じるを繰り返していると、秀輝が耳元で囁いた。

「こいつは抱かれるのが好きなんだよ」

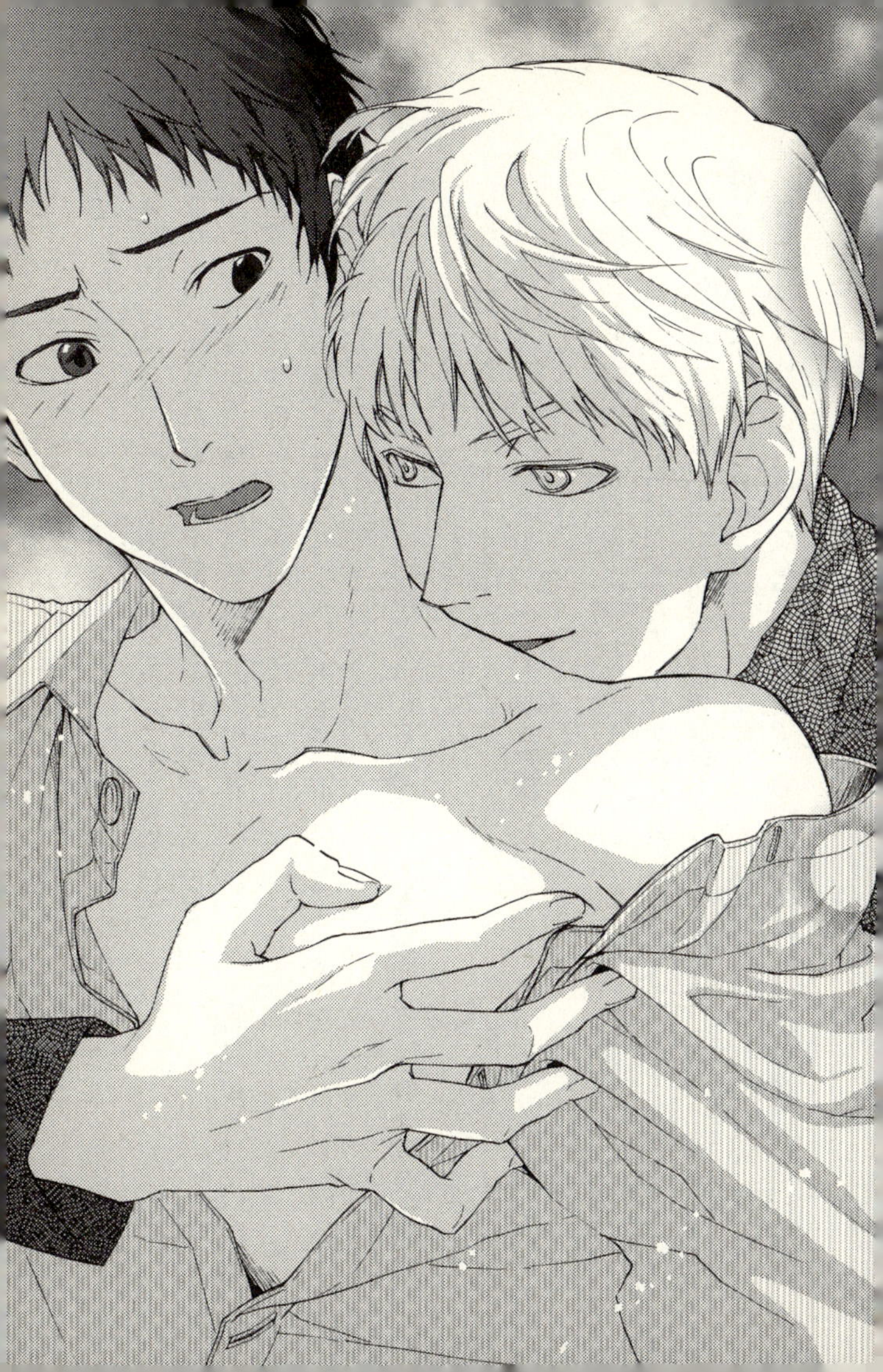

「え……？」

弾かれたように和輝の顔を見た。彼は否定せずに微笑んだ。

「挿《い》れるのに興味ないんだ。それは秀輝の担当だと思ってる」

それなら、自分が和輝を抱けばよかったのか。考えていなかった展開に固まっていると、ふと恐ろしい疑問が思い浮かんだ。

和輝とは、何度も抱き合った。だけどあれは、もしかして……。

「じゃあ、今まで……」

自分を抱いたのは誰か。答えが怖くて口に出せずにいる疑問を、秀輝に読まれた。

「お前に突っ込んだのは俺だけだ」

恐れていた事実をあっさりと突きつけられる。

「和輝の名前を呼びながら抱きついてきた時は興奮したぞ」

「嘘、だ……」

和輝と肌を重ねて、幸せを覚えた。あれがすべて、秀輝だったというのか。

違う、という言葉を求めて和輝を見た。だが彼は静かに頷くだけだ。

初めて体をつなげたと思ったあの時、彼の体はあまり汗をかいていなかった。あの時の違和感の正体が、やっと分かった。

「目隠ししたのは、そのためなんだ。僕は横で、君が秀輝に犯されるのを見ていた。それで君が慣れてきたら、こうやって真実を伝えるつもりだった」

「そんな……最初から、こうするつもりで……？」

否定して欲しくて口にした問いかけに、和輝は即答した。

「もちろんだよ」

体から力が抜けた。二人に踊らされていた事実が受け止めきれない。何を信じて、何を疑うべきなのかも分からなくなる。

和輝との幸せな思い出と、秀輝から受けた陵辱が頭を駆け巡った。

すべてが彼らの計算の内だとしたら、その罠《わな》に跳びこんで幸せを覚えていた自分は、どこまで愚かだったのか。

「どうしてこんな時だけ、二人で協力し合うんですか」

普段はろくに会話もしないのに、何故この状況で二人は手を取り合っているのか。それがまったく理解できない。

「彬は誤解してる。僕たちは普段から何でも協力し合ってるよ。院内の人も勘違いしてるけど、別に仲が悪いわけじゃないんだ」

和輝が肩を竦めた。秀輝も同意する。

「話す必要を感じないだけだ」

「大体、言いたいことは黙ってても分かるし、それに」

二人は続けて喋って、それから同時に言った。

「ここには二人で住んでる」

「え……嘘……」

和輝が首を傾げた。

「一人で住むのに、この部屋は広すぎるでしょう。気づかなかった？」

思い当たる点はある。クローゼットにあった秀輝の服と時計、和輝が買った本を秀輝が読んでいたこと。でもそれらはすべて、偶然で流せる範囲と思っていた。

「俺が作った料理をお前も食べただろ」

秀輝の言葉に目を見張る。

この部屋で、確かハヤシライスを食べた。和輝は料理をしないのに、皿も調理器具も揃っていた……。言われてみれば、納得できる物が多かった。

「このベッドも、二人用だからこんなに大きいんだよ。当直もあるし、一緒に寝るのは週に何回かだけどね」

この年齢の兄弟が共に生活しているのは、珍しくないのかもしれない。だけどベッドまで一緒となると、絶対に普通じゃない。

「そんなに分かり合えているなら、二人ですればいいじゃないですか。僕を巻き込まないでください」

それですべて解決する。そう思ったのに、二人の意見は違った。

「「いやだ」」

二人は同時に首を振った。

「僕にとって秀輝は自分と同じだから。欲情もしないし、肉体的につながるのは抵抗がある」

「俺もごめんだ」

頷きあった彼らの言い分がまったく理解できない。言葉を失っていると、秀輝の指が腰から下を撫でた。

「お前、自分のここに突っ込みたいと思うか？」

肉付きの薄い尻を押し開かれる。指が無造作に窄まりをこじ開けて入ってきて、小さく呻いた。そこに自分のものを挿入するなんて、想像したこともない。

「いやだろ？」

答えるまで指を抜かないつもりなのか、執拗に要求されて、仕方なく頷いた。秀輝がやっと指を離してくれる。

「それと同じことなんだよ。俺は和輝に突っ込むのはごめんだ」

「僕だって、秀輝のは挿れて欲しくないよ。一人でするのと変わらないからね」

二人の口調にはかけらの迷いもなかった。そのせいで、こっちの価値観が間違っているのかと迷い始める。二人のやりとりが理解できないのは、自分がおかしいのだろうか？

思考が引きずられそうになり、慌てて頭を振った。

「だからって、なんで僕に……」

本音が口をつく。そうだ、一番気になるのはその点だった。

「俺たちはいつも、同じものが欲しい」

秀輝は呟くように言った。

「そうだね。好きになるタイプが一緒なんだよ。そこから先が違うだけで」

和輝が苦笑してから続けた。

「僕たちは君が好きだ。でも秀輝は、仕事第一で、べたべたするような恋愛は時間の無駄だと思ってる。僕はそういうのが大好き。秀輝は君を犯したくて、僕は君の全部を受け入れたい。君は僕たちと付き合えば、全部が手に入る。全員の希望が一致してると思うけど、どう？」

「僕はそんなこと、望んでません！」

勝手に話を進められ、慌てて首を振った。一体どうしてそんな話になるのか、頭が置いてきぼりにされたままでついていけない。

「彬は僕が好きじゃないの？」

和輝は責めるような口調に切り替えて、不服そうに眉を寄せた。

「好きです」

咄嗟に答えてしまった。満足したように頷いた和輝は、彬の手をとった。

「僕が好きなら、きっと秀輝も好きになるよ。だって僕は秀輝の一部なんだから」

「違う、俺がお前の一部だ」

秀輝は即座に否定した。それから彬に顔を向ける。

「一人の人間ですべてを満たす必要はない。体は俺が満足させてやる。心は和輝に満足してもらえ」

それが当然だという口調で言い切られる。だけどそんな内容を、納得して受け入れられるはずもない。

「そんな……、めちゃくちゃだ……」

「じゃあお前は、和輝だけで満足できると思うか？　お前は苛められて喜ぶドMなんだぞ」

違う、と言いたかった。だが秀輝の鋭い視線の前に、反論を飲み込んだ。

「あれだけ喜んでたじゃないか」

「そうだよ。僕が触った時より、秀輝に犯されている時の方が感じてた」

和輝は拗ねたように言ってから、顔を寄せてきた。

「でも、僕はそんな風にいやらしい彬も大好きだよ。秀輝に犯されてる姿は最高だった」

吐息が触れる距離まで和輝の顔が近づいてくる。うっとりとした彼の視線に、初めて怯えた。

「自分の欲望に正直になってごらん。僕たちのものになれば、幸せだよ」

和輝は優しく微笑む。その慈愛《じあい》に満ちた表情は、つい頷きたくなるほど魅力的だ。

「……無理、です」

流されそうになって、慌てて頭を打ち振った。和輝はもっともらしく言ってるけれど、その内容はとても納得できるものではない。

「こんな関係、間違ってます」

二人とは価値観が違いすぎる。とてもじゃないがついていけない。

「分かってもらえないんじゃ仕方がないね。何でもするって言ったのになぁ」

和輝は困ったように肩を竦めた。まるで彬の物分かりが悪いと嘆くみたいだった。

確かに何でもするとは言った。だけどこんな展開、想定外だ。

「体に分からせてやればいい」

秀輝がそう言って、彬の腕を後ろに回した。

「やめてください……」

もがいても彼の力は緩まない。目隠しをしていた布が手首に巻かれ、きつく縛られた。

胡坐《あぐら》をかいた秀輝は、彬を後ろから抱き込み、胸元を撫で回す。乳首の周辺をぐるりと円を描くように撫でられて、息をつめた。

「こっちだけ大きくして、人前で脱げない体にしてやろう」

秀輝の提案に和輝も従い、前と後ろから、左側の乳首だけを嬲られた。指で、爪で、舌で。刺激され続けたそこは、痛いほど尖ってしまった。

「やっ……嚙まない、で……」

執拗に左だけを弄られる。本当にそっちだけが敏感になってしまいそうで怖かった。しかも触れられていない右側も、刺激が欲しくてしこり始めている。

「弄り倒すと形が崩れて、いやらしく黒ずむんだ。他の男に見せられなくなるぞ」

秀輝は楽しそうに言い、親指と人差し指で小さな突起を痛いほど揉んできた。

「相変らず、好きな子には酷いことをしたがるね」

和輝は呆れたような声で言いつつ、秀輝と同じように乳首を弄《もてあそ》ぶ。

「でも、それもいいかも。彬はちょっと浮気性なところがあるから。……ついでに、こっちも剃っておこうか」

和輝の指が、やっと人並みに生え揃った下生えに触れた。

「ここに何もないとかわいいね。秀輝の趣味がやっと分かったよ」

「そうだろ」

秀輝は胸を張った。そして彬の耳を引っ張る。

「ところでお前、浮気したのか？」

「してません……」

何もしていないのに、和輝にそう思われていたのは心外だった。だけど彼は、彬の反論に首を傾げる。

「僕と付き合いながら、秀輝も好きだったでしょう。僕たちだからよかったけど、普通は二人を天秤《てんびん》にかけたりしないんだよ」

「そういえば、お前は病院で俺を濡れた目で見ていたな」

秀輝が耳朶に噛みついた。柔らかいところに硬い歯が食い込む。

「それに、仕事と言いながら合コンにまで行ってたんだよ」

「合コン？　そんなことまでしてたのか」

秀輝が眉をひそめた。それから憮然《ぶぜん》とした声で言い放つ。

「おしおきだな」

「秀輝はすぐそれだ」

楽しそうに笑った和輝は、で、と秀輝に問いかけた。

「どんなおしおきをするの？」

「そうだな、このまま廊下かベランダに放り出してやるか」

秀輝の瞳には、サディスティックな色が浮かぶ。彼ならやりかねない。助けを求めて和輝に顔を向ける。

「かわいそうだよ」

和輝は露骨に顔をしかめていた。

「だけどこいつは喜ぶ」

「じゃあおしおきの意味がない」

「それもそうだな。……こいつは大概のことを喜ぶから、さじ加減が難しい」

二人の息のあったやりとりが空恐ろしい。口を挟む余裕もなく、いつの間にか彬が何でも悦ぶような存在だと決めつけている。

「そうだよね。秀輝のとこで縛られているのを見つけた時、僕の姿を見て射精したくらいだから」

「それは……」

さすがに黙っていられずに口を挟む。

あの時、和輝は心配そうな顔をして助けてくれた。あの表情すら、偽りだったのか。信じていたのに。裏切られた思いが胸を切り裂き、どうしようもない痛みを与える。

「なんでそんな悲しそうな顔をしてるの？」

和輝は不思議そうに首を傾けた。

「僕はね、あの時、君がすごくかわいいと思ったんだよ。秀輝に独り占めされているのが悔しかった。こんな気持ち初めてだよ」

子供に言い聞かせるような口調で和輝は続けた。

「あの後、しばらくやらせてくれなかったよな」

秀輝がぼやきながら、彬の首筋を舐めてきた。

「うん。だって秀輝、彬を壊そうとするから。……ごめんね。秀輝は昔から、好きなものを大事にできない性格なんだ」

和輝はため息混じりにぼやいた。

「言っとくけど、あんな風に院内で放置したことはまだ怒ってるよ。泣いてる彬はかわいかったけど、それにしてもやりすぎ。もしものことがあったらどうするつもりだったの」

「……悪かった」

ばつの悪そうな顔で秀輝が言った。彬ではなく、和輝に対して。

「もうあんなことはさせないから、安心して。これからは二人で、彬をかわいがってあげる」

和輝はいつもの人当たりがいい笑顔を浮かべている。それが今は、背筋が凍るほど怖かった。

「二人とも、おかしい……」

やっと口から出た言葉は、秀輝が否定した。

「別におかしくない。俺たちには普通のことで、お前が理解していないだけだ」

理解できない自分が間違っているのだろうか。混乱し、よく分からなくなってきた。

「僕たちを信じて欲しいな」

うっとりと和輝に囁かれ、頬を撫でられた。

「和輝さん……」

彼への想いが胸を渦巻く。初めて愛される悦びを知った。そんな簡単に切り捨てられるような、半端《はんぱ》な気持ちじゃなかった。だから今、整理がつかなくてこんなにも苦しい。

「困った顔もかわいいね」

和輝はそう言って、彬の頭を抱きしめてくれた。

「君は誰かに愛されたいんだね。でも臆病で、自分から誰かの胸に飛び込む勇気はない」

和輝の言葉が絡みついてきて、指の一本も動かせなくなった。

愛されたい。誰だって持っているはずの気持ちを言い当てられて、いたたまれなさに襲われる。

「だけどもう大丈夫。君のその気持ちに、僕たちが応えてあげるから」

まるで呪文《じゅもん》のように、囁きが心と体に浸透してくる。

「もう離さないよ。やっと見つけたんだ。僕たちが丸ごと愛してあげられる人を」

本当に、愛してくれるのだろうか。疑問を口にする前に、和輝がそっと離れた。

「二人で愛してあげる」

おいで、と和輝が手を差し出した。迷いながら手を伸ばした瞬間、後ろから秀輝に抱きすくめられる。

「彬」

前と後ろから同時に名前を呼ばれた瞬間、かっと胸が熱くなった。二人に愛されると、どうなるのだろう。不安を上回る期待で胸が勝手に高鳴り始め、焦って頭を打ち振った。

「秀輝」

「分かってる」

二人は一瞬で理解しあい、彬の体をひっくり返した。うつぶせにされ、腰を高く掲げるように持ち上げられる。

正面には和輝がいる。微笑みに誘われて、彼と口づけを交わした。もう自分が何をしているのか、よく分からなくなっていた。

秀輝と和輝は交互に衣服を脱ぎ捨てる。彬のシャツも手首の布ごと引きはがされた。床には三人分の衣服が散らばった。

「……そんな……拡げないで……」

二人の指が後孔に触れる。両側から引っ張られて、中に直接、ローションを注がれた。冷たい液体が粘膜を舐めるように滑り、湿らせていく。

指が入ってきて、くちゅくちゅと水音を立ててかき回された。やがてそこは、指をしゃぶるように窄まりだす。抵抗を忘れた体は、二人の言いなりだった。

「あっ……」

指が抜かれ、硬く熱いものが宛がわれる。ぐっとそこをこじ開けられて、目を見開いた。

息苦しさに唇を離すと、和輝はうっとりとした表情で頬を撫でてくれた。

「うっ……」

体の奥が熱くて、やっと状況が把握できた。秀輝に犯されているのだ。

「あっ、やだっ……」

ずぶっと音がして、中まで埋められたかと思うと、引き抜かれる。張り出した先端の太さを教えるように、入口を何度もこじ開けられた。

「何がいやだ。こんなに締めつけて。大歓迎じゃないか」

めくれた縁が押し込まれ、よじれた粘膜が悲鳴を上げる。

「やだっ、抜いて……！」

体を裏返しにされるような勢いに悲鳴を上げ、シーツを摑んだ。

「抜いていいのか？　好きなものをハメてもらって、ここは喜んでいるぞ」

違う、と言葉で否定する。だけど体は、秀輝の言う通りの反応をしている。

どうしてこんな体になってしまったのか。悔しさに唇を嚙む。感じたくない、そう思っても、秀輝の動きに合わせて体が揺れてしまう。

「ほら、ちゃんと集中しろ」

尻を打たれて、甲高い声が迸った。

こんな扱いを受けても、体が感じている。心と体を引き離される辛さに涙が滲み、目を閉じた。だがその辛さの中にも、悦びを見出せる。いつの間にか自分の体は、そうなってしまっていた。

「乱暴にしないで。かわいそうだよ」

秀輝をたしなめた和輝が、彬を優しく抱きしめてくれた。そのぬくもりが嬉しくて、彼の胸に頬をすり寄せる。聞こえてくる和輝の鼓動も早い。

「お前だって勃《た》ってるくせに、何を言ってるんだ」

鼻で笑った秀輝に顎を摑まれた。

「目を開けろ」

痛いくらいに顎をつかまれ、薄く目を開けた。

和輝の昂ぶりが、すぐそばにあった。彼はそれを輪にした左手の指で扱いている。先端の窪みには蜜が滲み、今にも垂《た》れ落ちそうだ。

喉がくっつきそうなほど干上がっていて、その蜜が欲しくなる。

「ごめん。秀輝に犯される彬を見てたら、僕も欲しくなっちゃった」

囁きが落ちてきた。

「舐めてやれよ。お前が大好きな和輝のものだ」

秀輝に背中を押され、和輝の下肢に顔を埋めた。舌を伸ばし、先端の窪みをぴちゃぴちゃと舐める。渇きを満たしたくて、蜜を啜った。

「いやらしい顔してる」

和輝がうっとりと笑いながら見下ろしている。

「上も下も愛されて、幸せだろ」

「あっ……！」

秀輝に信じられないくらい奥を突かれて、たまらずのけぞって喘いだ。和輝の性器が唇からぬるんと飛び出て、頬を擦る。

「ちゃんと口でして」

和輝にねだられて、再び唇に招き入れた。

頭を両手で押さえられ、窄めた口内に出し入れされる。上あごを擦りながら出ていった和輝の欲望が、再び入ってきて舌に蜜を残した。

同じリズムで秀輝も動く。最奥をこね回されて、触れられてもいない欲望からどっと体液が溢れた。

これが二人に愛されるってことなんだ。揺さぶられる内に、恍惚の波が彬を包みだした。

「ンっ……」

鼻先に下生えが当たるほど、深くまで飲みこむ。和輝が小さく声を上げてくれるのが嬉しくて、夢中で喉の奥まで頬張り、唇で扱いた。

「くっ……出すぞ」

体の奥深くに熱いものを感じる。同時に、口の中で育てていた和輝の欲望が弾けた。

「うっ……」

うまく受け止められずに、唇から和輝のそれが飛び出す。勢いよく放たれた白濁が、口元から顎に飛び散った。

生ぬるい体液が皮膚の上を滑り落ちても、不快ではなかった。そればかりか零れるのが惜しくて、舌を伸ばして舐めとる。

「ごめんね、何も言わずに出して。秀輝がいくと、つられちゃうんだ」

和輝は目元を赤く染めながら、ティッシュで顔を拭ってくれた。

秀輝の体が離れる。解放された、と思ったのは一瞬だった。

「彬はまだなんだ。じゃあ僕がいかせてあげる」

歌うような軽やかさで言った和輝が、ベッドに体を横たえた。秀輝が彼にローションのボトルを手渡す。足を開いた和輝は、指をローションで濡らし、それをためらうことなく自分の足の間へと持って行った。

「え……」

和輝は自分の後孔に指を埋めた。小さく喘ぎながら指を出し入れする姿は、いやらしすぎてこの世のものとは思えなかった。

彼のこんなに妖艶《ようえん》な姿を初めてみた。音を立てて息を飲む。

「お前も手伝ってやれ」

秀輝に腕を引かれた。操られるように和輝の前に移動する。

「指、濡らすね」

和輝に指をとられ、粘性《ねんせい》のある液体で右手の指を濡らされた。

「ゆっくり、おいで」

導かれた先は、彼の後孔だった。息づく窄まりの生々しさに躊躇していると、和輝に指を掴まれる。彼は二本の指でそこを開き、彬の人差し指を招き入れた。

「あっ……」

熱く濡れた内側の感触に目を見張った。指が吸い込まれる。慌てて引き抜くと、和輝が眉を寄せた。

「痛っ」

「ご、ごめんなさい」

和輝を傷つけてしまった。どうしよう、と慌てて彼の表情を見る。頬を紅潮させた彼は、大丈夫、と微笑んでくれた。

「ちゃんとしてやれ」

秀輝に促され、再び指を埋める。絡みついてくる粘膜の熱さに慄きながら、人差し指を根元まで埋めた。

「前立腺を探せ。和輝もそこが弱い」

命じられるまま、指で粘膜を探る。性器の裏側あたりに、ほんのわずかな隆起を見つけた。そこを指の腹で軽く押す。

「あっ」

和輝の体が跳ねた。

「……ここ？　和輝さん、気持ちいい……？」

「んっ、いい、……もっと」

体をくねらせる和輝を見つめ、指の数を増やした。

彼が好きだからこそ、感じて欲しい。いつもと逆の立場になって、和輝のそこを蕩けさせていく。三本に増やした指を揃えて抜き差ししていると、秀輝に手首を掴まれた。

「もう平気だな」

ゆっくりと指を抜き出される。名残惜しげにそこがひくついた。

「うん、きて」

甘えた声を出して、和輝が足を広げる。彼の性器から窄まりまでが露わになった。恥じらいもない仕草は、不思議なほど濃艶なのうえんだった。

和輝はうっとりとした表情で彬を見上げている。自分が知っていた彼とはまるで別人のように、愛しさは変わらなかった。

秀輝は彬の性器を持ち、和輝のそこに宛がう。

「う、うそっ……」

目の前の光景が信じられずに固まる。欲望の先端が弾力のある肉にぶつかっていた。

「早く」

和輝に急かされても、どうしていいのか分からない。

「焦らさないでハメてやれ」

ぐっと後ろから体重をかけられて、腰が前へ出る。ぬるん、ときつい肉の輪をくぐり抜けた瞬間、柔らかく濡れた粘膜に包まれた。

「うわっ、は、入っちゃう……」

「……ああ、いいっ……彬が入ってくる……」

和輝が恍惚とした声を上げた。それに呼応して、彼の窄まりがきゅっと引き絞られた。

「うっ……」

先端に吸いつくみたいな動きが溶けだしそうに気持ちよくて、ぶるぶると体が震える。

このますぐにでも達してしまいそうだ。

「ちゃんと奥まで突っ込んでやれよ」

「っ……和輝、さん……」

下腹部に力を込めないと、和輝の中に熱を放ってしまいそうだ。

「いいよ、彬」

こんな時でも和輝は、優しい笑顔を浮かべていた。

「……あ、あったかい……」

経験したことのない締めつけに、息が上がる。熟れた粘膜の心地よさが、屹立から全身に広がっていった。じっとしていられず、緩々《ゆるゆる》と体を揺らす。粘膜同士を擦り合わせると、気持ちよくてたまらなかった。

「彬」

和輝に名前を呼ばれて、縋りつかれた。愛しさを呼ぶその仕草に答えて、唇を重ねる。舌を差し入れられ、夢中で吸った。歯を立てては唾液を啜る。和輝との初めての交歓《こうかん》に、全身が悦んでいた。和輝の欲望も萎えずに先端を濡らしている。

「えっ……？」

不意に腰の奥に違和感を覚え、唇を離す。

秀輝の指が、尻を撫でてから後孔に触れていた。窄まりをこじ開けようとするそれから逃げようとしたけれど、和輝にがっちりと腰を抱えられてできない。

「秀輝、優しく挿れてあげて」

肩越しに和輝が秀輝に声をかけ、そのまま指を彬の後孔に移動させた。

「分かってる」

指が入ってきた。そこを押し拡げるようにされて、息を詰める。

「うっ……」

指の数が増える。秀輝を受け入れてから時間が経っていなかったそこは、まだ閉じきっていなかった。

「平気そうだな」

後ろから秀輝が伸し掛かってきた。窄まりに硬い感触が押し当てられる。

「な、なに……？」

体内に入ってこようとするものの正体に気づき、全身から血の気が引いた。

和輝とつながっているのに、秀輝に犯される。そんなのありえない。

「無理……抜いて、やだ」

どうにか逃れようともがく。だけど二人がかりで押さえ込まれて、なす術はなかった。

「うっ……入って、くる……」

粘膜をぐっと押し上げるようにして、秀輝の欲望が埋められる。その熱さに焼き尽くされそうで怖かった。

「どう?」

「もう少しだ……ああ、根元まで入った」

秀輝がぐっと腰を押しつけてきた。

「ああっ……!」

反動で、和輝の窄まりを抉ってしまった。膝がシーツの上を滑り、ぐぐっと深い場所まで犯してしまう。

「すごい、奥にきてる……」

和輝がのけぞった瞬間、目の前が白く光る。

「あっ、で、るぅ……」

粘膜の蠕動に促され、あっという間に極めていた。いきなりの絶頂は強烈すぎて、少し遅れて気持ちよさが全身を包む。

「中に、出しちゃった……」

誰かの体内に直接射精するのは、生まれて初めての経験だった。あまりの衝撃に、全身の毛穴が開いたみたいになり、痙攣したように震える。

「いっぱい出たね……あつい……」

恍惚とした顔で和輝が呟き、彬の両頬を包んだ。

「すごいね、僕たち三人、つながってるんだよ。分かる?」

唇を舐めた和輝が笑いかけてくる。その妖美《ようび》さに吸い込まれそうになりながらも、首を振った。

「でも、こんなの……」

やっぱりおかしい、と唇を噛みしめる。一対一じゃないセックスなんて、彬の知る常識からはみ出しすぎていた。

「おかしくないと言っただろ」

秀輝が右のこめかみに唇を押し当てて喋った。

「余計なことを考えるな。もっと自分に正直になれ」

直接脳に語りかけられる。彼の言葉が頭を駆け巡った。

「正直、に……？」

「そうだ。お前はこうしていて、気持ちいいだろ？」

入口に段差を教えるよう出し入れされると、そこからむずがゆいような感覚が湧きあがった。無意識の内に体をくねらせ、その微妙な感覚を快楽に変えようと試みる。

「気持ちいいのは、悪いことじゃないんだよ」

前からも後ろからも、大丈夫だと囁かれる。その内に、こうして三人でつながることが、自然なことのように思えてきた。

「こんないやらしいこと、……しても、いい？」

舌足らずになりながら、二人に問いかける。それは彬の中で最後の確認だった。

「いいんだよ。気持ちいいことに欲張りになりな。僕たちは、彬を丸ごと愛してあげるから」

和輝が唇を啄ばんできた。

「こっちにも好きなものをハメられて、気持ちいいだろ?」

黙っていると、秀輝にぐっと奥を貫かれた。

「答えろ」

弱みをぐいっと擦られ、短い悲鳴を上げた。

「いい、気持ちいい……!」

じっとしていられず、腰を振る。

不道徳だと咎《とが》める理性が、どんどん小さくなっていく。洗脳されているのだと分かっていても、逆らえない。だって全部、気持ちいい。二人に愛されるってすごい。

「あ、……また、おっきくなった……」

「お前が……締めつけるからだ」

秀輝の呼吸も乱れていた。背中から伝わる鼓動も、自分と同じくらい速かった。密着した肌も汗ばんでいる。

「秀輝先生も、気持ちいい……?」

問いかけると、彼の動きが止まった。

「何を言い出すんだ、お前は」

秀輝が苦笑し、後ろから彬の頭を抱きこむ。

「気持ちいいに決まってるだろ。こんなにきゅうきゅうに締めて、喜ばない男がいるか」

咎めるように、首筋に嚙みつかれた。

「ひっ」

痛みに体が竦み、彼を受け入れた部分が窄まる。それを悦ぶように、秀輝の屹立が脈打った。

「ここはもう俺専用になってる。もっと練って、奥まで突っ込まれないと生きていけない体にしてやるからな」

世にも恐ろしい台詞を睦言《むつごと》のように囁かれる。それを嬉しいと思うのは間違いなんだろうか。判断力が低下した頭では、答えが出せそうにない。

「いやらしい音がしてるね」

和輝の手が腰を撫で下ろし、秀輝と彬がつながった部分に触れた。

「溢れてぐちゃぐちゃになってる。指が入っちゃいそうだよ」

「あっ、だめっ……」

秀輝の屹立に沿うようにして、和輝の指が埋められた。柔らかく綻《ほころ》んでいた窄まりが、驚いたように引き絞られる。

「なんでこんなに濡れてるか、教えてくれる？」

和輝に問いかけられ、いつの間にか閉じていた目を開けた。

「あっ……」

指が弱みにそっと触れる。限界まで拡げられたそこが、わずかに痛んだ。

「答えろよ」

秀輝の指が背骨を確かめるように触れてくる。その微妙な刺激にのけぞると、貫かれる角度が変わった。

「秀輝先生の精子……、いっぱい出してもらったから……」

必死で質問に答える。無意識の内に、彼らを悦ばせるいやらしい単語を選んでいた。

「だからこんなに濡れちゃったんだ。いっぱい出してもらえてよかったね」

和輝は秀輝の動きに合わせて、指を出し入れさせた。くちゅくちゅと水音が響き、耳まで犯される。

「僕の中も君が出した精液でいっぱいになってる。気持ちいいでしょ」

無言で頭を上下させる。和輝の最奥は、彬の屹立を抱きしめるように絡みついて、離してくれない。そのきつさがたまらなかった。

「あ、だめ、……あ、溢れちゃう……」

指と性器で、縁をめくっては戻される。そのせいで、中に注がれた秀輝の体液が窄まりから溢れてきた。

「また注いでもらえばいいよ」

和輝がそう言って指を引き抜いた。

びくんと跳ねた体を彼に引き寄せられ、啄ばむようなキスをされる。

「彬、秀輝におねだりして」

「もっと、中に欲しい……！」

どうして、と和輝が優しく問いかけてきた。

「中に出されるの……好き……」

そこまで言ってから、秀輝に教え込まれた言葉が頭を過ぎった。

「……メス孔に、……もっとたくさん、精子をください……！」

口にした瞬間、これまで抱えていた価値観が崩壊していく音が聞こえた。淫らな言葉でおねだりをすることに、もはや抵抗はなかった。そこはもう陵辱を悦ぶ器官になってしまったのだから、事実を口にしただけだ。

「そんなにいやらしいこと、言っちゃうんだ」

和輝が笑うから、つながった部分が締めつけられた。あまりの気持ちよさに喘ぐ。

「そんなに好きなら、たっぷり出してやる」

秀輝は体を押しつけてきた。腰が押し出されて、和輝の中を抉ってしまう。

「そこ、すごくいい……！」

身悶えた和輝がしがみついてきた。肌がぴったりと重なり、体温が伝わってくる。

「彬、もっと、奥までちょうだい」

吸いつくような肌の感触に、体の芯が震えた。

「和輝さん、そんなに締めないでっ」

犯しながら、犯される。こんなのおかしい。頭では分かっているのに、体は貪欲なほど初めての快楽を追って揺れる。

不意に秀輝が動きをとめた。

「前と後ろ、どっちがいい？」

そんな質問をかけられても困る。だって、全部が気持ちいい。気持ちよくない部分なんて、もう体のどこにも存在してない。

「答えろ」

「ま、前……」

そう答えたのは、男としての最後のプライドだった。だが秀輝に一笑される。

「嘘つけ。激しくしゃぶりついてるくせに」

腰骨を摑まれて、かき回すように動かれる。体の奥底をぐちゃぐちゃにされそうで、恐ろしいのに感じてしまう。

「あひっ」

和輝に腰を揺らされ、予期せぬ摩擦《まさつ》が起こった。慣れない刺激に、欲望がびくんと脈打つ。

「正直になれと言っただろ。ほら、どっちがいいんだ」

秀輝が首筋に嚙みついた。皮膚に食い込む硬い歯の感触に身震いする。

「どっちも、いい……！」

口に出した途端、痺れが頭から足までを一瞬で走った。目の前が明るくなり、体から力が抜ける。自分の中で、何かが弾け飛んでしまった。それはもしかすると、かろうじて残っていた理性だったのかもしれない。

「やっと言ったな」

秀輝の笑った顔を、初めて見た。いつもの冷たさが消えたその表情に見惚れる。

捨て切れなかった彼への気持ちが、胸に渦巻いていた。自分はきっと、彼が好きなのだ。

だってこうして深く体をつなげて、全身で悦んでいるのだから。

彼になら、酷いことをされても構わなかった。傷ついても、和輝が優しく癒してくれる。

「……二人とも、もっと……全部、欲しいっ……！」

二人を手に入れたい、どちらも失いたくない。初めて自覚したその欲張りな願望を、舌足らずに口走る。

「ああ、ちゃんと二人でかわいがってやる」

自分の気持ちに区切りをつけ、秀輝に求められるまま唇を差し出した。全身が一皮むけたように感じやすくなって、秀輝と和輝の体温すら刺激に変わっていく。

「秀輝がキスするなんて、珍しい。よっぽど彬が気に入ったんだ」

和輝は拗ねた口調で言ってから、甘えるように頬を寄せてきた。

「ずるいな。僕にもして」

「混じればいいだろ」

秀輝があっさりと言い、和輝を誘った。

ひとつしかない舌を両方から吸われる。首を不自然な角度に捻って、唾液をまぜあった。息苦しいし、みっともない顔をしている自覚もある。だけどどうしようもなく、いい。

二人に丸ごと愛される快楽に溺《おぼ》れる。

「すごい……ずんずんって、奥まで……いい、もっとしてっ……」

快楽の虜になってよがり狂う。蜜を蓄えた袋がぶつかりあい、ぴたんと重たい音を立てた。

「一人でよがってないで、和輝も気持ちよくさせてやれ」

秀輝が笑いながら、小刻みに突き上げてくる。その動きにつられて、和輝の中に欲望を埋めた。

「あぁ、吸いついてくる……和輝さんの中、気持ちいいっ」

腰を回しながら叫ぶ。

「彬の、すごい大きくなってる……いいよ、もっとおいで」

和輝に抱きしめられて、浅い呼吸をしながら腰を振りたくった。もっと奥まで入りたい。

和輝の中をめちゃくちゃにかきまわしたい。

「うっ……すげぇな、吸いついてくるぞ」

「あっ……、やっ……おかしくなる……」

和輝に熱を突きいれながら、秀輝に抉られて喘ぐ。逃げ場のない快楽は強烈すぎた。

頭が漂白されたみたいに色を失う。何も考えられず、ただ闇雲に快楽を貪った。

「も、むりっ……死ぬっ……」

どこまで気持ちよくなれるのだろう。体がばらばらに壊れてしまいそうな愉悦《ゆえつ》に溺れ、
息をすることも忘れてしまう。

「死ねばいい。ちゃんと蘇生《そせい》させてやる」

秀輝の物騒な囁きが、快感をより深くした。

「……だめ、そこ、突いちゃ、やだっ……」

目の焦点が合わなくなった。体中のねじが緩んでしまって、閉じられない唇からは唾液

が零れる。呂律《ろれつ》も回らず、壊れたみたいに体を揺らすだけしかできない。

「彬が飛んじゃった」

和輝の吐息が唇にかかった。

「飛ばしとけ」

秀輝は笑いながら言って、律動の速度を上げた。

「あっ、秀輝、激しすぎ。僕もおかしくなりそう」

「なっちまえばいいだろ」

「そっか、そうだよね。……なんでこんなに、気持ちいいのかな。こうやってつながるの、一番いい」

「俺もだ。……これからもずっと、彬を二人でかわいがってやろう」

二人の会話が耳を通り抜けた。

「あっ、ああっ……すごいっ……」

全身が溶け出す。体の感覚は曖昧なのに、快感の輪郭だけがどんどん強くなっていった。

後孔に熱いものが撒き散らされる。望んでいた体液を与えられて、悦びに震えた体が熱を吐き出した。下腹部には熱いものが噴き出している。

どこまでが誰なのか、その区切りを見失ったまま、彬はただひたすら喘ぎ続けた。

副島総合病院の医局前に立ち、彬は二人がやってくるのを待っていた。

午前の診療から戻ってきた医師に話しかけるため、廊下には各社のMRが立っている。その中で、平静を装うのは大変だ。気をつけていても膝が震え、呼吸が浅くなってしまう。

数分後、白衣姿の二人が、並んで歩いてきた。彼らは彬の姿を見つけ、足を止める。

「いつもお世話になっております」

頭を下げると、背筋にびりびりとした痺れが広がった。

「飛田さんに用事があったんだ。一緒に来てくれる？」

和輝に微笑みかけられて、はい、と頷いた。秀輝の視線を感じ、彼にも頷いてみせた。

他社のMRたちが入り込めないこの瞬間、二人に愛されていると強く実感できる。二人に選ばれたことを誇りながら、後をついて歩く。何もないような顔をして、廊下の奥にあるエレベーターに乗り込んだ。

今日はどこで、どんな風に愛されるのだろう。彼らの個室だけに飽き足らず、病院のあらゆる場所が、三人にとって愛の交歓の場になっていた。

期待に喉がからからに渇き、視界が潤む。

「どうした、そんないやらしい顔をして」

壁際に立った秀輝が、彬の腰を抱いた。

「あっ……」

「約束通りにしてきたんじゃないの？」

和輝に問われ、頬を染めて頷いた。

後孔には玩具を入れてある。すぐにでも秀輝に貫いてもらえる状態にしておくように命じられているので、ちゃんとトイレで準備してきた。

「早くお二人に見ていただきたくて」

下肢の体毛は剃り落としてある。恥ずかしいけれど、二人に命じられれば、今すぐにでもここで晒せる。それだけの覚悟はできていた。

自分で選んだこの状況を、後悔する余地はもうない。愛する二人にならば、何をされたって構わなかった。

エレベーターのドアが開く。窓から差し込む光りが、秀輝と和輝を照らした。

「『行こう』」

二人の声が揃う。

「はい」

我を忘れる悦楽の時間が来ることを期待して、彬は白衣姿の二人に続いた。

あとがき

はじめまして、またはこんにちは。（自称）花丸文庫BLACKエロ双子部門担当、藍生有《あいおゆう》と申します。この度は「白き双《ふた》つ魔の愛執」を手にとっていただき、どうもありがとうございます。

今回は「バランスの悪い双子」です。

これまでの双子は、バランスよく長所と短所を分割した性格でした。今回はそのバランスが崩れているため、前の二作とは違った感じになったかもと思います。いろんな意味でこれまでとは方向性が異なっておりますが、受け入れていただけると嬉しいです。

ところで今回は珍しく、枚数オーバーせずに書きたいことを書けました。これまでの反省から学習した模様です。剃毛は一冊一回のペースがいいみたいですね。ちなみに、双子において剃らないという選択肢は今のところありません。

イラストは今回も鵺《ぬえ》先生にお引き受けいただきました。

毎度のことですが、素晴らしい表紙にうっとりいたします。双子の色っぽい眼差しがたまらないです。

ラフをいただいてから、秀輝《ひでき》へのときめきがとまりません。特に秀輝の裸の後ろ姿！　担当さんと祭りが起きるほどのいい尻でした。攻の尻好きとしてたまらなかったです。実は先日、鵺先生にお会いする機会があったのですが、その時も攻の尻について語ってしまいました。空気読めなくて申し訳ないです。

和輝《かずき》も優しさの中にいろんなものが滲んでいて最高です。ラフでハートを飛ばしていた笑顔にやられました。

また、彬《あきら》のかわいさは思った以上でした。目上の人からめいっぱい可愛がられそうでとても愛らしいです。

お忙しい中、素敵な三人をどうもありがとうございました！

担当様。いつも双子萌え話にお付き合いくださりありがとうございます。

ＢＬＡＣＫ牧場に放牧されているおかげで好き勝手に書いている私ですが、柵を越えそうな時はどうぞ引っ張り戻してください。よろしくお願いします。

最後になりましたが、この本を読んでくださった皆様、ここまでお読みいただきありがとうございます。バランスの悪い双子に愛された受の話、少しでも楽しんでいただだいたなら本望です。

これからも花丸文庫BLACKさんからは、ほんのりダークでエロ増量の双子をお届けする予定です。

まだまだ書きたい双子がたくさんあって、脳内で順番争いをしています。たぶん次は、これまでのような双子に戻るはず……です。その時もぜひお付き合いください。

それでは、またお会いできることを祈って。

二〇一〇年　二月

藍生　有

http://www.romanticdrastic.jp/

作家・イラストレーターの先生方へのファンレター・感想・ご意見などは
〒101-0063東京都千代田区神田淡路町2-2-2
白泉社花丸編集部気付でお送り下さい。
編集部へのご意見・ご希望などもお待ちしております。
白泉社のホームページはhttp://www.hakusensha.co.jpです。

花丸文庫 BLACK

白き双《ふた》つ魔の愛執

2010年3月25日　初版発行

著　者　藍生 有 ©Yuu Aio 2010
発行人　酒井俊朗
発行所　株式会社白泉社
〒101-0063 東京都千代田区神田淡路町2-2-2
電話 03(3526)8070[編集]　電話 03(3526)8010[販売]
印刷・製本　株式会社廣済堂
Printed in Japan　HAKUSENSHA
ISBN978-4-592-85061-8

定価はカバーに表示してあります。

好評発売中　花丸文庫BLACK

★若旦那が恋した相手は、女装の歌姫…！

深海魚は愛を歌う

久万谷 淳　イラスト＝鵺《ぬえ》 ●文庫判

神楽坂の老舗料亭の跡継ぎ・領一郎は、地方出張の折にバーで艶やかに歌う千種と出会い、惚れ込んでしまう。だが領一郎は東京に戻らなければならず、しかも千種には付きまとうストーカーが…!?

★マフィアと男娼の、悲しい再会…!!

桃源上海 ～アイノアカツキ～

山田芽依　イラスト＝鵺《ぬえ》 ●文庫判

上海で男娼をしている藍暁《ランシャオ》は、大物マフィアになった義兄の碧流《ヴィリウ》と再会し、彼のあまりの変貌ぶりに戸惑っていた。だが、碧流は藍暁を無理矢理犯した挙句、嫌がる義弟を無視して自らの専属に…!?

ユメをカタチに。

花丸新人賞作品募集 小説部門

✿上位作品は必ず雑誌掲載または刊行！

✿全作品の批評コメントを小説花丸に掲載！

✿新鮮度優先の「特別賞」つき！

賞金	
入選	30万円
佳作	15万円
選外佳作	5万円
奨励賞	3万円
ベスト7賞	7千円
特別賞	1万円

（ジャンル・テーマやキャラクターなどに、新鮮な魅力があった作品に差し上げます）

◇応募方法 他◇

●未発表のオリジナル小説作品。同人誌・個人ホームページ発表作品も可。他誌で賞を取った作品は応募できません。テーマ、ジャンルは問いませんが、パロディは不可。読者対象は10～20代の女性を想定してください。●原則としてワープロ原稿でお願いします。枚数はB5またはA4の用紙（感熱紙はコピーをとってコピーの方をお送りください。）に20字×26行を1段として、24段以上無制限。印字はタテ打ちで字間・行間は読みやすく（字間よりも行間のほうを広く取ってください）1枚の紙には3段までとし、20字×2000行以上の小説には400字程度のあらすじをつけてください。●原稿のオモテ面のどこかに通し番号（ノンブル）をつけて、ひもやダブルクリップなどで綴じておいてください。●簡単な批評・コメントをお送りします。希望の方は80円切手を貼って自分の住所・氏名をオモテ面に書いた封筒（長4～長3サイズのもの）を同封しておいてください。

◇重要な注意事項◇

整理の都合上、1人で複数の作品応募の場合は1つの封筒に1作品のみを入れてください。また、過去に花丸新人賞に投稿した作品のリメイク（書き直し）及び続編作品はご遠慮ください（なるべく新作を）。他誌の新人賞に投稿した作品は、必ず審査結果が判明した後に応募してください。1つの作品を同時期に募集している2つ以上の新人賞に投稿するのは絶対にやめてください（事情によっては入賞を取り消すこともあります）。ご記入いただいたあなたの個人情報は、この企画以外には使用いたしません。●あて先／〒101-0063 東京都千代田区神田淡路町2-2-2 白泉社 花丸新人賞係（封筒のオモテに「小説部門」と赤字で明記してください）●しめきり／年4回●審査員／細田均小説花丸編集長以下花丸編集部●成績発表／小説花丸誌上●応募要項／作品タイトル・ペンネーム（フリガナ）・本名（フリガナ）・年齢・郵便番号・住所（フリガナ）・電話番号・学校名または勤務先・eメールアドレス・他誌投稿経験の有無（ある場合は雑誌名・時期・最近または最高の成績）・批評の要・不要及び編集部への希望・質問を原稿の第1ページ目のウラに書いてください。●受賞作品は白泉社の雑誌・単行本などで掲載・出版することがあります。その際は規定の原稿料・印税をお支払いします。また、受賞者への賞金は結果発表号の発売日から1か月以内にお支払いする予定です。●イラスト部門もあります。最新の情報は小説花丸、白泉社Web内の「ネットで花丸」をご覧ください。